Geschichte 'Die gestohlenen Leben Teil I-III'

2019 ©Copyright by Hiam Mondini

Book Front Cover Design by RockingBookCovers.com

Herstellung und Verlag: BoD – Books on Demand, Norderstedt

ISBN: 9783739228969

„Die gestohlenen Leben"

Band III

Hiam Mondini

Die Frage nach dem BlackBerry erübrigt sich.

Intro

Eisig kalter Nordwind schleicht sich hinterhältig durch die engen Gassen des schottischen Dorfes und treibt die Menschen in die warmen Häuser zurück. Jene, die es sich erlauben können, bleiben den ganzen Tag im Schutz der Wärme, geniessen das knisternde Feuer im Kamin, lesen aufregende Geschichten von fernen Ländern, kochen sich Leckereien und träumen von der weiten Welt. Von weissen Sandstränden, vom warmen Sand zwischen den Zehen und gut gemixten Cocktails an den Poolbars. Ferien, die sich die wenigsten hier leisten können, die sie aber alle von den Filmen und den Reisewerbungen kennen. Verführerische Bilder, tagein, tagaus.

Eine Holztür des rustikalen Lagerhauses öffnet sich und ein grosser, stämmiger Mann, wettertauglich und praktisch gekleidet, kämpft mit dem Wind, um die Tür hinter sich wieder zu schliessen. „Verdammter Wind!" Grimmig steckt er beide Hände in seine Jackentaschen und geht mit schweren Schritten auf das frei stehende Steinhaus zu. Neben dem prunkvollen Treppenaufstieg nimmt er zwei grosse Holzstücke von der ordentlichen Beige und öffnet die Tür zur Wärme. Ohne sich seiner Schuhe zu entledigen, schlurft er durch den geräumigen Eingangsbereich bis zum gemütlichen Wohnzimmer. Das fröhlich tanzende Feuer spendet warmes Licht und lässt den Raum noch stilvoller wirken. Während sich der lange Schotte vor dem Kamin hinkniet, hört er auch schon kleine Füsse die Treppe herunter kommen. Er verdreht die Augen und kommt ihr zuvor: „Keine Stiefel im Haus! Wie oft muss ich es denn noch sagen! Ich putze und putze hier drin und dir fällt nichts Besseres ein, als mir den ganzen Dreck vom stinkenden Stall hier reinzutragen! Das braucht mich wieder Tage, diesen Gestank aus dem Haus zu bringen! Was sollen unsere Gäste davon halten!" Er versucht seiner Stimme einen weiblichen, hysterischen und doch liebevollen Touch zu verleihen, während er im Feuer rumstochert.

Als er weder ein Widersprechen noch ein Ausbruch einer Beleidigung vernimmt, dreht er sich wundernd um und blickt in die aufgerissenen Augen der zierlichen Person in der offenen Tür. Langsam steht er auf, geht auf sie zu und bückt sich auf ihre

Augenhöhe. „Du siehst aus, als hättest du einen Geist gesehen! Hast du einen Geist gesehen? Hailey?" Die Angesprochene zwinkert aufgeregt und schluckt fast hörbar schwer, bevor sie ihre Stimme wiederfindet. „Er kommt... Sie kommen... alle... beide... alle drei... kommen sie..."

Kapitel 1

„Bonnie, das war wie immer einfach nur köstlich! Du bist mit Abstand die beste Köchin, die es auf diesem Planeten gibt!" Frank lehnt sich gemütlich im Stuhl zurück, nimmt sich die Serviette vom Schoss und schlägt sich mit der flachen Hand auf den trainierten Bauch. „Also heute früh habe ich zum Glück zwei Einheiten eingelegt, sonst bekomme ich keine Aufträge mehr in den spannenden Filmen. Ich gehöre jetzt definitiv zum alten Hollywoodeisen! Aber jede Mahlzeit von dir ist das harte Training wert, meine Perle!" Er greift nach Bonnies Hand, die gerade seinen Teller vom Tisch nehmen will und gibt der alten Dame einen anerkennenden Handkuss darauf. Sie zieht diese beschämt weg und erwidert:

„Jetzt hör aber auf damit! Du übertreibst wie immer! Aber ich sage nicht, dass es mir nicht schmeichelt. Danke dir Frank!" Sie nimmt seinen Teller und geht um den grossen Mahagoni Tisch herum, um auch Kens Teller abzuräumen.

„Nein Bonnie, er übertreibt nicht! Das war wirklich ein fantastisches Essen! Ich würde gar behaupten, ein Gourmet Bewerter würde dies als eine "Gaumen Explosion" bezeichnen und mit 5 Sternen bewerten!" Er tut es seinem Vater gleich und legt sich im Stuhl zurück. Er klopft sich ebenfalls auf seinen Bauch und schmunzelt: „Nur sahen meine Fitnesseinheiten heute Morgen nicht ganz so athletisch aus, wie deine, Dad. Ich habe unsere Wohnung auf Vordermann gebracht, bin in den Supermarkt gerannt und habe anstelle des Lifts die Treppe genommen. Das war's! Dafür ist jetzt alles bereit für den grossen Empfang."

Frank erhebt sich aus dem Stuhl und geht auf seine Bar zu. „Nimmst du auch etwas zum Verdauen? Ich platze sonst in der Luft!" Er lacht freudig und nimmt eine Flasche Single Malt aus dem fahrbaren Globus. Ken legt die Serviette auf den

Tisch und erhebt sich aus seiner gemütlichen Lage.

„Dad, ich wollte dir noch etwas sagen, bevor wir zum Flughafen f a h r e n." Er geht langsam auf seinen Vater zu, welcher ihm erwartungsvoll ein Kristallglas mit etwas goldenem Inhalt hinstreckt.

„Fahren?"

Kapitel 2

Sie hätte es ihm nicht sagen sollen. Noch nicht, zumindest. Aber wie um alles in der Welt könnte sie solche Neuigkeiten nur für sich behalten? Kraftvoll zerstampft Hailey die noch dampfenden Kartoffeln in der Pfanne. Der erdige Geruch verbreitet sich in der grossen Küche und gibt der erfahrenen Köchin von neuem Antrieb. Doch, sie musste es ihm sagen und nicht hinauszögern. Es wäre viel schlimmer für ihn gewesen, hätte er es im Dorf erfahren. Solche Neuigkeiten verbreiten sich rasend schnell und stimmen dann so oder so nur zur Hälfte. Nicht daran zu denken, wenn es Crissa vor ihm gewusst hätte. „Heilige Mutter Gottes!" Hailey bekreuzigt sich mit erschrecktem Blick aus dem

Fenster. Sie bleibt für den Bruchteil einer Sekunde an diesem Gedanken hängen und zerstampft dann eifrig die Kartoffeln weiter. Crissa darf das auf keinen Fall erfahren, das gäbe ein Desaster! Wenn es erst einmal diese Klatschtante weiss, verbreiten sich lauter Lügen im Dorf. Das wäre schlimmer als die Pest! Wieder bekreuzigt sich die kleine Schottin und beginnt flüsternd, das Vaterunser vor sich herzubeten.

„Wen hast du umgebracht?" Wie auf frischer Tat ertappt, lässt Hailey ihr Kochwerkzeug in die Pfanne fallen, schlägt sich die Hand auf die Brust und dreht sich auf ihren Absätzen um. „Sag nicht solche schrecklichen Dinge, Angus Cunningham MacKay! Und was fällt dir ein, mit deinen schmutzigen Stiefeln in meine saubere Küche zu kommen!?" Sie dreht sich wütend um, nimmt ein Messer zur Hand und hebt es bedrohlich in die Luft, ohne ihren Erschrecker eines Blickes zu würdigen. „Mach, dass du rauskommst und bring mir ein Huhn!" Als sie hinter sich kein Geräusch wahrnimmt, dreht sie sich langsam wieder um und blickt direkt in die düster dreinblickenden Augen. Seine Arme vor der Brust verschränkt, lehnt der Hausherr am Türrahmen und kaut stumm auf einem Grashalm, der aus seinem Mund lugt. „Ich bin nicht IN der Küche... Ich stehe im Türrahmen..." Lässig hebt er eine Augenbraue, zieht geräuschvoll Luft durch seine Nase und stampft mit einem Stiefel auf den Boden.

„Du bist ein Scheusal, Angus Cunnigham MacKay! Ein schreckliches, ungezogenes und gottloses Scheusal!" Sie legt das Messer zur Seite, putzt sich ihre Hände an ihrer mit Spitzen besetzten Kochschürze und geht zum grossen Holztisch inmitten der Küche. Sie nimmt die darauf liegende Schere, schneidet vereinzelt Kräuter von den frischen Sträuchern in den Töpfen und legt sie behutsam in eine kleine Schale. Diese stellt sie neben die heisse Pfanne und geht auf den Kühlschrank zu. Sie öffnet die verchromte Tür, entnimmt dieser eine Glasflasche und geht mit der weissen Flüssigkeit wieder zur dampfenden Pfanne zurück. Während sie langsam den Deckel der Milchflasche abschraubt, atmet sie tief und hörbar ein und aus. Sie giesst die nahrhafte Flüssigkeit zum Kartoffelbrei und stellt laut fest: „Na dann, eben kein gebratenes Hühnchen heute!"

Kapitel 3

„Aber sie wird sich hoffentlich schon mal an diese Situation gewöhnen, oder nicht?" Frank blickt etwas gelangweilt aus dem Limousinen Fenster und lässt seine Finger einen Rhythmus auf das Bein klopfen. Ken schmunzelt schelmisch und dreht sich zu seinem Vater um: „Wirst du denn etwa bequem auf deine alten Tage? Hey, Dad, ein Grossvater sollte flexibel und spontan sein! Ich dachte, Mirjam hält dich hierbei schon gut in Form!" Der heitere Professor und Anwalt setzt sich auf die seitlichen Sitze im langen Fahrzeug, sodass er seinen Vater besser ansehen kann. Dieser öffnet seinen Hemdkragen etwas und sieht auf die Uhr an seinem Handgelenk. „Hm... Mirjam... Wann genau landen sie denn eigentlich? Ich könnte sonst die Kleine überraschen und wir treffen uns alle zuhause. Dass sie ins Gästehaus kommen, bleibt doch schon noch, oder?" Fragend blickt er in die aufgeregten Augen ihm gegenüber.

„Weisst du was? Das ist eine grossartige Idee! Warum überraschst du nicht Mirjam, entführst sie und fliegst mit ihr zurück. Wir nehmen den Wagen und fahren in die Praxis, um Roberto mitzunehmen.

Dann treffen wir uns alle zuhause. Und ja, das Gästehaus würden wir gerne nutzen für ein paar Tage. Dann gehen wir wieder in die Stadt. Ok, Dad?"

Die gehobenen Augenbrauen und der verzogene Mund verraten Ken, dass nur ein Teil seiner Idee gut beim ehemaligen Actionhelden der Nation ankommt. Und er versucht erneut diese Mimik zu ändern: „Komm schon, Dad, bald geniessen wir gemeinsame Ferien! Und glaub mir, du wirst spätestens danach froh sein, etwas Ruhe von uns zu haben!"

Frank Conley schnalzt mit der Zunge und drückt lässig auf den Knopf neben sich. Kenneth verdreht seine Augen, lehnt seinen Kopf in den Nacken zurück und schiebt seinen Hintern an den Sitzrand, so dass er wie ein Kartoffelsack im Sitz hängt. „Jetzt geht's los..."

Das verdunkelte Fenster zwischen dem Fahrerabteil und dem hinteren Teil der Stretch-Limo versinkt langsam und der Blick auf die Strasse vor ihnen sowie der Nacken und die rechte Schulter des Fahrers Max werden sichtbar. „Hey, mein Freund!

Sag mal, wie geht's deinen Jungs? Alle gesund und munter? Ist deine Melissa noch immer die glücklichste Frau der Welt?" Frank spricht diese Worte ins eingebaute Mikrophon neben seinem Sitz. Sein langjähriger Fahrer und Begleiter auf den Strassen von New York blickt erfreut in den Rückspiegel und antwortet: „Natürlich, Sir! Alle glücklich und gesund! Melissa wird von Tag zu Tag schöner und meine Jungs machen uns zu stolzen College Eltern, Sir! Sie wissen, alles nur, weil wir nicht in dieser stinkenden Stadt wohnen. Frische Luft und Meeresbriese brauchen Kinder, um gesund gedeihen zu können! Wie Sie, Sir Conley Junior!" Er zwinkert abschliessend in den Rückspiegel und lässt die Trennscheibe lautlos wieder hochfahren.

Kapitel 4

„Guter Junge! Lass uns Frieden suchen, Frauengeschnatter ist mir noch nie gut bekommen." Angus zieht den Sattelgurt an seinem Hengst noch etwas fester und streift mit seiner Hand sanft über das glänzend schwarze Fell. Er nimmt die Zügel in die Hand und schwingt sich gekonnt und lässig auf den Rücken des starken Tiers. Sein Zungenschnalzen und ein leichter Kick mit dem Fuss verraten dem trainierten Pferd des Weges zu gehen.

Die Beiden reiten gemütlich vom Hof, durch den Waldweg am plätschernden Bach entlang, hinaus auf die hügelige, weite Landschaft der schottischen Highlands. Sie setzen erst zum Trab an, bis auch der Hengst seinen Beinen mehr Kraft verleihen will und galoppieren dann bis zu den hochgelegenen Klippen. Eine unbeschreibliche Weitsicht auf den Ozean präsentiert sich und Angus bringt sein folgsames Pferd zum Stehen.

„Was würde ich bloss ohne dich machen, mein guter Junge?" Angus klopft mit seiner flachen Hand auf den kräftigen Hals seines treuen Begleiters und lässt den Blick übers Meer gleiten. „Was hältst du denn davon, dass wir Besuch bekommen?" Das angesprochene Tier schüttelt seine glänzende Mähne und schnaubt laut hörbar. „Hm, ja... Geht mir auch so! Ich mag es nicht besonders, das Haus voller Leute zu haben. Schon gar nicht, wenn stets die alten Geschichten aufgetaut werden. Hailey wird wieder an alles erinnert und kann nicht mehr schlafen. Hm, das kann sie schon jetzt nicht mehr, seit sie weiss, dass sie herkommen. Sie würde es natürlich nie zugeben, weisst du, aber ich bin nicht so introvertiert, wie sie mich ständig hinstellt. Du weisst das, nicht wahr? Und soll ich dir verraten, weshalb ich weiss, dass sie nicht gut schlafen kann? Ihre Rühreier sind verkocht, zuwenig oder zuviel gewürzt, ihr Tee zu lange gezogen, der Kaffee viel zu stark, das Fleisch schuhsohlenhart gebraten und der Salat schwimmt förmlich in der Sauce!"

Er nimmt die Zügel wieder auf und gibt seinem verschwiegenen Zuhörer sanfte Tritte in die Seite. Sie galoppieren an der traumhaft schönen Kulisse entlang und zurück nach Hause. Ein atemberaubendes Zuhause, welches in Generationenhänden gepflegt und gehegt wurde, soweit Angus in seinem schottischen Stammbaum an der Wand im grossen Treppenaufgang sehen kann. Und niemand wird das je ändern, wenn nur die Sache mit den Nachkommen nicht so schwierig wäre.

Kapitel 5

Nachdem das lange Fahrzeug vor dem Flughafen einen Passagier ausgeladen hat, fährt es wieder in Richtung Brooklyn. Frank Conley drückt eine Wahltaste auf seinem BlackBerry und hält ihn an sein Ohr. „Hey Tom, wie geht es dir? Hättest du Zeit für einen ehemaligen Kunden?" Er lacht auf und streckt seine langen Beine durch. „Grossartig!... Nein, danke! Ich will keine Studioluft schnuppern... lieber etwas an deinen frischen Ledersitzen!... Haha... Genau! Ich brauche einen Fahrer für die kleine Wilde und mich. Ich bin gerade auf dem Weg zur Schule mit Max. Der muss dann aber Ken wieder vom Flughafen abholen... ja genau... Heute kommen sie... Kaum zu fassen, nicht?" Er blickt aus dem Fenster und bemerkt, dass sie schon bald am Ziel sind. „Na gut, dann, vor der Schule? Und dann ab zu Mike auf den Flugplatz! Du bist noch immer der Grösste für mich! Bis gleich!"

Der grosse, noch immer sehr gut gebaute Schauspieler bedankt sich bei seinem Fahrer und steigt aus der Limousine. „Na dann, auf in die Kicherrunde!" Er macht die oberen beiden Knöpfe seines Jacketts zu und geht mit eleganten Schritten, eine Hand lässig in der Hosentasche, auf den Schuleingang zu. Er öffnet erst die grosse Tür, dann sogleich die nächste zu den Empfangsdamen der Privatschule.

„Guten Tag die Damen", spricht er die bereits aufblickenden Frauen hinter den Tresen an. Beide stehen sofort auf, als wäre der Kommandant einer Polizeiakademie eingetreten.

„Guten Tag Herr Conley! Wie schön, Sie zu sehen! Da wird sich aber jemand freuen über diese Überraschung!" Die ältere der beiden hat die Sprache zuerst wiedergefunden und schiebt ihm ein Blatt mit Schreiber hin. „Darf ich Sie bitten, hier zu unterschreiben? Ich trage dann alles andere nach. Sozusagen ein blindes Autogramm!" Während sie das mit einem entzückenden Lächeln sagt, kichert die Jüngere in ihre Hand und setzt sich verlegen wieder auf ihren Stuhl zurück. Frank unterzeichnet auf dem ihm zugewiesenen Feld und freut sich insgeheim über die Wirkung, die er noch immer hat, obschon seine Filmtage weit zurückliegen.

„Donna, begleitest du Herrn Conley bitte zur Klasse?" Die erste Sekretärin nimmt das Blatt vom Tresen und weist der Kichererbse mit dem Stift den Weg.

„Natürlich, sehr gerne! Darf ich bitten, Herr Conley?" Sie steht auf, geht um den Tresen und öffnet die zweite Tür des Büros hinter Glasscheiben.

„Bitte, nennen Sie mich Frank. Herr Conley, klingt so alt." Der selbstsichere, grosse Mann, hält die Tür nun weit oben, sodass die kleine Sekretärin durchhuschen kann und dabei einen tiefen Atemzug von seinem verführerischen Aftershave einatmet. Sie kichert erneut und antwortet: „Sehr gerne, Sir!... Oh... ich meine natürlich Frank."

Kapitel 6

„Da bist du ja endlich! Brauchst du noch lange mit den Pferden?" Hailey steht, beide Hände in die Hüften gestützt, in der offenen Stalltür. Angus bleibt ruhig auf einem Knie gestützt und kümmert sich fürsorglich um den Huf eines Pferdes. „Ja, hier bin ich, Hailey. Was brauchst du denn?" Langsam stellt er das Bein des Pferdes wieder auf den Boden, lässt seine Hand über das Bein hinaufgleiten und klatscht dem Tier sachte auf den Hintern. „Braves Mädchen!" Er nimmt den Lappen neben sich von der halboffenen Holztür und wischt sich damit die Hände ab.

„Ich möchte gerne ins Dorf. Begleitest du mich? Bitte?" Die Hände wie zum Gebet gefaltet, steht sie nun schon fast schüchtern da.

„Und was brauchst du vom Dorf? Kann das nicht Sam besorgen?" Er nimmt den Sattel neben sich vom Balken und geht wieder auf die stattliche weisse Stute zu. Er hängt den eleganten Rückensitz vor die Stute an einen dafür bestimmten Haken und das Jungtier beginnt sogleich unruhig zu werden. Beschützend steht er dicht neben sie, streicht ihr unter der wilden Mähne über den Hals und besänftigt sie: „Das wird schon werden..."

„Nein, Angus, du verstehst mich nicht. Ich möchte gerne mit DIR ins Dorf fahren. Ich brauche anständige Kleider und möchte gerne bei Bynnies zu Mittag essen." Kaum hat sie fertig gesprochen, vernimmt sie tiefe, murmelnde Geräusche aus der

Pferdebox mit der neuen jungen Stute. „Bitte Angus... ich kann sie doch nicht so empfangen, in diesen alten Kleidern. Was sollen sie bloss denken!" Sie putzt sich die Nase mit dem Küchentuch, welches aus ihrer Kochschürze ragt und geht mit langsamen Schritten vom Stall weg.

„Was möchtest du denn, dass ich anziehe, fürs Bynnies?" Angus steht an der Stalltür gelehnt und putzt seine Hände, den Blick ebenso darauf gerichtet. Hailey bleibt zwar stehen, dreht sich jedoch nicht zu ihm um, damit er auf keinen Fall ihr freudig strahlendes Gesicht sehen kann. Sie versucht ein stummes Lachen zu verkneifen, damit er es nicht bemerkt und antwortet: „Den blauen Rollkragenpullover, den ich dir zu Weihnachten gestrickt habe und die beige Cordhose. Keine Stiefel! Die Kirchenschuhe." Wieder mit erhelltem Gesicht geht sie triumphierend auf das Haus zu und hört die tiefe Männerstimme hinter sich fragen: „Auch frische Unterhosen?"

Kapitel 7

Frank bleibt vor der Klassentür stehen und bedankt sich bei seiner Begleiterin: „Vielen Dank, Donna. Ich warte noch etwas hier und beobachte die Kinder durchs Fenster. Ich sehe jungen und eifrigen Schülern so gerne zu. Ist das ok?" Er blickt sie fragend an. „Tut mir leid, Herr Conley. Frank! Ich darf Sie nicht alleine hier im Flur stehen lassen. Vorschrift, Sie verstehen hoffentlich. Aber ich kann gerne mit Ihnen warten, wenn Sie möchten, ich habe Zeit." Sie blinzelt etwas verlegen erst zu Boden, dann blickt sie durchs Fenster neben der Tür, in den Klassenraum. „Oh sehen Sie, Mirjam ist an der Reihe! Sie untersuchen heute ihre Blutgruppen, ist das nicht aufregend? Zu meiner Zeit, haben wir in den Physik- und Biologiestunden noch nicht solche coolen Sachen gemacht. Da hiess es vorallemvor allem die Blätter der Bäume studieren, Fische sezieren und irgendwelche Tabellen auswendig lernen."

„Wie meinen Sie, sie untersuchen ihre Blutgruppen?" Mit gerunzelter Stirn blickt Conley ebenfalls in den Experimentierraum, in welchem eine Gruppe von Schülern sich um einen grossen Tisch gesammelt hat. „Was macht sie denn da? Ist das Blut? Etwa IHR Blut?!" Erschreckt bewegt er sein Gesicht näher ans Fenster und bevor Donna etwas erwidern kann, öffnet Frank ruckartig die Tür. „Hey! Was macht ihr denn Spannendes da?!", ruft er laut in die wissenschaftliche Runde und alle Köpfe drehen sich zu ihm herum.

„Skipper! Was machst DU denn hier?!" Freudig lässt das kleinste Mädchen, mit den dunklen langen Locken, ihre sterilen Instrumente fallen und hüpft auf den Besucher zu. Sie umarmt ihn und wird umgehend gedrückt. Frank küsst sie auf ihren Kopf und atmet den Duft ihrer Haare ein. „Hmm, wie ich dich vermisst habe, Lassie!" Er kneift ihr in die Seite, was sie zum Kichern bringt.

„Herr Conley, welche Ehre, Sie in unserer Experimentierrunde begrüssen zu dürfen!" Der lange, dünne Lehrer mit einem orangefarbenen T-Shirt und verwaschenen Jeans tritt auf die beiden Umarmenden zu. Er reicht Frank die Hand zum Gruss und drückt sie fest zu. „Ein starker Druck, Sir! Würde man Ihnen gar nicht zutrauen." Frank blinzelt ihm zu und fährt gleich fort: „Ich hoffe doch, ich störe nicht!" Während er das sagt, sieht er neugierig auf den Tisch und die darauf liegenden Sachen.

„Nein, ganz und gar nicht, Sir! Bitte, treten Sie doch näher! Mirjam war gerade dabei ihr Blut für eine Probe vorzubereiten. Das muss nun halt warten bis zur nächsten Stunde. Aber das ist ja kein Problem, nicht wahr?" Der Wissenschaftler blickt erst Conley, dann Mirjam an. Diese schüttelt eifrig den Kopf: „Nein, nein, schon gut!" Sie geht zum Tisch und nimmt das flache Plättchen mit dem roten Fleck darauf in die Hand. „Ich hab ja noch genug davon." Sie lacht fröhlich und wirft das Plättchen in den verschliessbaren Eimer unter dem Tisch.

Der verwunderte Besucher geht an den Tisch und fragt: „Weshalb wirfst du es denn jetzt weg?"

„Weil das Blut jetzt eingetrocknet ist!", beantwortet ein blondes Mädchen neben Frank seine Frage. „Dafür bin ich jetzt an der Reihe!" Eifrig greift sie nach dem Mikroskop und öffnet behutsam ein kleines Röhrchen mit etwas roter Flüssigkeit darin.

Kapitel 8

Schweigend sitzen sie nebeneinander im alten Cadillac und fahren durch die unberührte Landschaft der Highlands. Glücklich und auch etwas nervös sitzt Hailey kerzengerade im weissen Leder. Ihre zierlichen Hände in cremefarbenen Handschuhen liegen auf ihrer Handtasche, welche dieselbe Farbe hat. Nachdem sie über einen Stein gefahren sind, der den Wagen kurz zum Rütteln gebracht hat, richtet sie ihren Hut, der einen Teil ihrer weissen Locken bedeckt. Vorwurfsvoll blickt sie Angus von der Seite her an. Dieser hebt lässig seine Schultern und murmelt: „Ich hab ihn nicht auf die Strasse gelegt." Er stützt seinen Kopf mit der rechten Faust, deren Arm am Fenster lehnt.

„Solltest du nicht beide Hände am Lenkrad haben?" Die aufgeregte Mitfahrerin schielt ihn demonstrativ an.

„Wer nicht einmal fahren kann, hat nichts zu meckern!" Er würdigt sie keines Blickes, sondern blickt weiter auf die Strasse vor sich.

„Wie kann man nur so ein Brummbär sein! So warst du nie zu..." Sie schüttelt kaum merklich den Kopf und blickt wieder hinaus in die Umgebung. „Weisst du Angus, das ist alles auch nicht einfach für mich! Ich hätte es mir auch anders gewünscht. Aber du bist doch jetzt ein reifer Mann und eine sehr gute Partie dazu! Du kannst nicht immer alleine da draussen bleiben. Mich wird es auch nicht bis in alle Ewigkeiten geben und und ..." Sie kann ihren Redeschwall nicht zu Ende bringen, da wird sie vom Fahrer unterbrochen: „Und Windelscheisser muss ich auch noch hinkriegen!"

„Angus Cunnigham MacKay! Sprich nicht so über deine Nachkommen! Wie stellst du dir das alles denn eigentlich vor? Was habe ich bloss falsch gemacht in deiner Erziehung?" Empört dreht sich die kleine Schottin so auf dem Sitz, dass sie Angus den Rücken zudreht.

Nach einer langen Schweige- und Schmollzeit setzt sie sich wieder gerade hin, streicht ihren Mantel glatt und räuspert sich: „Nun gut, alles habe ich nicht falsch gemacht! Du wirst schon sehen, sie wird dir gefallen." Kaum hat sie den Satz fertig ausgesprochen, lenkt der stille Zuhörer den Wagen an den Strassenrand und stellt den Motor ab.

„Angus?! Was machst du da?! Stimmt etwas mit dem Wagen nicht? Warum halten wir hier an?" Verwirrt blickt sie erst aus dem Fenster und dann ihren Begleiter wieder an. Dieser sitzt ruhig hinter dem Steuer, den Blick noch immer auf den Weg vor ihnen und lässt langsam seine Zunge über die Oberlippe gleiten, bevor er einen spitzen Mund formt, als wolle er pfeifen. Er zieht geräuschvoll Luft hindurch und schnalzt mit der Zunge. „Angus! Was geht hier vor?" Hailey setzt sich zu ihm gewandt hin.

„Sag du es mir! Weshalb habe ich wirklich frische Unterwäsche an?"

Kapitel 9

„Das war ja eine klasse Stunde! Der Lehrer scheint sehr nett zu sein! Magst du ihn, Lassie?" Frank tritt nervös von einem Fuss auf den anderen. „Ja, ich mag ihn sehr gut! Er ist super nett und macht immer so tolle Sachen mit uns!" Mirjam stellt sich direkt vor den grossen Mann, den sie, seit sie sprechen kann, mit Skipper anspricht und blinzelt zu ihm hoch: „Was ist los da oben? Warum bist du so aufgeregt?"

Frank bleibt auf beiden Füssen stehen und legt ihr seine grossen Hände auf die zierlichen Schultern und blickt in ihre dunklen Augen. „Weil wir heute wichtigen Besuch bekommen! Grossen und kleinen, wilden und ruhigen, jungen und alten! Sag nicht, dass du es vergessen hast, Lassie! Nicht du! Du bist schliesslich die Klügste in der Familie! In diesem hübschen Köpfchen hat's doch noch was, oder?" Er tippt belustigt mit seinem Finger auf ihre Stirn. Blitzschnell packt sie den Finger und öffnet lautlos den Mund. Sie verharrt einige Sekunden so und erwidert dann: „Heute? Sie kommen heute? Sind sie schon hier? Wo sind sie?!" Sie hält noch immer den Finger fest und blickt auf die Strasse, den Parkplatz und zur Einfahrt der Schule. Just in diesem Moment fährt ein roter Porsche vor und die verdunkelte Scheibe vom Beifahrersitz wird runtergefahren. Sie kann die Person hinter dem Steuer nicht erkennen, vernimmt jedoch eine ihr vertraute Stimme: „Wer muss dringend zum Flugplatz?"

Freudig hüpft das Teenagermädchen auf und springt zum roten Luxuswagen. „Ich, ich, nimm mich mit, Tom!" Sie öffnet die Beifahrertür und steckt ihren Kopf hinein. „Hi Tom! Wow, ist der neu? Ist das deiner?" Sie blickt sich im Wagen um. „Ja, das ist meiner. Gefällt er dir? Steig hinten ein, dann nehmen wir den alten, verlorenen Mann hinter dir auch noch mit!" Er lacht herzhaft und klopft auf den Sitz neben sich. „Brauchst du Hilfe, Actionheld?!"

Auf dem Flugplatz umarmen sich die beiden Männer freundschaftlich, bevor Mike die Helikoptertür für Mirjam öffnet. „Die Dame, herzlich willkommen an Board!"

Und an Frank gerichtet grinst er: „Möchten Sie einen Treppenaufstieg, Sir?" Er kann sich gerade noch rechtzeitig ducken, um der Faust von Frank auszuweichen. „Oh, die hätte mich aber haarscharf erwischt! Die Stunts geben nach!" Er schüttelt theatralisch den Kopf und geht um seinen fliegbaren Arbeitsplatz herum, um seinen Platz einzunehmen.

„So, heute ist der grosse Tag, habe ich gehört! Gibt's denn einen Touristenflug in den nächsten Tagen? Soll ich mir was Tolles überlegen?" Der jahrelange Pilot der Conleys blickt konzentriert auf die Metropolenwelt vor ihnen und drückt ein paar Knöpfe. Mirjams Stimme wird im Headset hörbar: „Leider nein, sie hat schreckliche Angst vor dem Fliegen. Deshalb hat es ja auch so lange gedauert, bis sie uns endlich mal besucht. Ich kann es kaum erwarten, die Zwillinge wieder zu sehen! Sie sind bestimmt unglaublich gewachsen in diesen Wochen."

Kapitel 10

Schweigend sitzen die Gäste an einem kleinen runden Tisch im gemütlichen Bynnies. Hailey beobachtet erst die sympathische Frau am Tisch, dann Angus, der gelangweilt aus dem Fenster sieht. Sie verdreht die Augen, schnappt sich ein Stück Brot aus dem Korb zwischen ihnen und bricht das Schweigen: „Na dann sagen Sie Stacy, was bringt Sie hierher? Also zu uns in den Norden, meine ich. Sie sind doch von Glasgow, nicht wahr?" Die angesprochene junge Frau legt ihre Hände auf den Tisch und blickt Hailey freundlich an: „Das ist richtig, ich komme aus der Stadt und wollte schon immer aufs Land. Dass es so nördlich sein würde, hätte ich zwar nicht gedacht, aber es ist sehr schön hier. Es gefällt mir sehr gut." Verlegen greift nun auch sie nach einem Stück Brot und reisst davon etwas ab, um es sogleich in den Mund zu stecken. Sie blickt Angus von der Seite her an und kaut langsam das Brot.

Hailey bemerkt, dass sie ihn gerne etwas fragen möchte und ergreift das Wort erneut: „Angus, weisst du noch, als wir das letzte Mal in Glasgow waren? Uh, das müssen sicherlich schon an die 18 Jahre her sein! Nicht wahr?" Als er nicht auf ihre Frage reagiert, widmet sie sich wieder ihrem Gast am Tisch. „Das waren schöne Ferien. Wissen Sie, meine Schwester war hier zu Besuch mit meinem Grossneffen. Und da wollte ich auch gerne mit ihnen mal etwas weg vom Hof." Als sie so ins Erzählen kommt, räuspert sich Angus und unterbricht sie: „Ich glaube nicht, dass unsere Ferien so spannend sind für eine fremde Person. Wann kommt denn unser

Essen? Werden die Tiere hier erst nach Bestellung frisch geschlachtet?" Er sagt seinen letzten Satz so laut, dass sich die Gäste am Nebentisch zu ihnen umdrehen.

„Angus?? Angus Cunnigham MacKay??! Bist das wirklich DU?! Da melk´ ich doch auf der Stelle eine Kuh! Was machst du hier? Hat sich eines deiner Pferde verirrt?!" Lachend steht ein Mann auf und geht auf den grossen Schotten zu, der sich nicht rührt, sondern wieder aus dem Fenster blickt. Er klopft ihm auf die Schulter und setzt sich unaufgefordert auf den leeren Stuhl am Tisch. Er blickt kurz in die Runde und nickt mit dem Kopf: „Die Damen! Oh, grüss dich Hailey! Ich habe dich gar nicht erkannt in diesem eleganten Kleid! Nur diesen alten Schurken hier! Hast du ihn hierher geschleppt? Glücklich scheint er ja darüber nicht zu sein!" Belustigt zeigt er seine gelben Zähne durch den dichten, orangefarbenen Bart und haut mit der Faust auf den Tisch. „Jetzt sag schon Junge! Wann bist du mal wieder dabei? Ich habe gehört, dass du die wilde Stute aus Stirling gekauft hast! Bereitest du sie vor?"

Angus blickt hinter den Mann, der ihn mit Fragen bombardiert und hebt seine Arme in die Luft. „Na endlich! Da hatte ich schon Angst, ich müsse hier verhungern. Her damit!" Kaum hat er den Teller der Serviertochter abgenommen, hört er Hailey leise sagen: „Angus, bitte!" Er stellt den gefüllten Teller mit dem heissen Essen darauf vor sich hin und murmelt: „Na, was soll's. Etwas Konversation wird mir heute nicht schaden." Er nimmt Messer und Gabel zur Hand, wartet höflich, bis auch die beiden Frauen ihr Essen bekommen haben, schneidet ein Stück von seinem noch blutenden Steak ab und blickt seinen Herausforderer an. „Du störst mich beim Essen und meine Verabredung mit Anstandsdame! Wir sehen uns am Turnier." Er blickt die beiden Frauen am Tisch an, nickt ihnen zu und bevor er sich das Stück Fleisch in den Mund steckt, sagt er: „Ladys, wohl bekomms!"

Kapitel 11

„Bonnie!!!" Mirjam sieht die ältere Frau schon vom Landeplatz aus, vor dem Haus stehen. Sie packt ihren Rucksack, wirft ihn über die Schulter und rennt los. „Tschüss Mike! Und danke für den Flug!", ruft sie zurück und zieht ab. Frank geht gemütlich um den Helikopter auf die Seite von seinem Piloten und steckt sich beide Hände in die Hosentaschen. „Diese jungen Menschen heutzutage! Voller Energie und Power! Du glaubst nicht, was die eben im Klassenzimmer abgezogen haben, Mike!" Der Pilot sieht ihn blinzelnd an: „Will ich es denn wissen?" Frank lacht laut auf, legt ihm eine Hand auf die Schulter und antwortet: „Vielleicht besser nicht. Du brauchst noch volle Konzentration heute!" Er lässt seine Hand Mikes Schulter tätscheln und blickt zum Haus. „Ich hätte da noch was vor mit dir und unserem Flugangstgast. Entweder ist man eine Conley oder nicht!" Er klatscht die Schulter vom Piloten etwas heftiger zum Abschied und geht in Richtung Haus.

Das kindliche Freudengeschnatter von Mirjam ist schon auf der Veranda zu hören, als Frank die grosse Fenstertür öffnet. „Hey, Lassie, wir brauchen Bonnie noch! Du darfst sie nicht k.o. schwatzen!" Und an Bonnie gerichtet: „Hat sich Ken bei dir gemeldet?"

Bonnie hält Mirjam an den zierlichen Händen fest und strahlt sie über beide Ohren an. „Ja hat er, alles sei gut gegangen. Sie waren gerade auf dem Weg zur Praxis und kommen dann her." Sie wirft einen Blick auf ihre kleine Armbanduhr und fügt hinzu: „Sie sind bestimmt bald hier! Du warst lange in der Schule. Habt ihr was Tolles gemacht?" Sie stellt diese Frage Mirjam und drückt deren Hände. „Oh Bonnie, das ist so aufregend, was wir in den Naturwissenschaften machen! Hast du gewusst, dass du vielleicht mega viele Nationalitäten in dir hast? Also genau genommen in deinem Blut! Wusstest du das, Bonnie? Es könnte gar sein, stell dir nur vor, dass einer deiner Vorfahren Grieche oder Italiener oder, oder Franzose war! Wusstest du das?"

Mirjams erneuter Redeschwall und ihre herzhaft aufgeregte Art, ermöglichen es Bonnie und Frank unbemerkt Blicke auszutauschen. Frank hebt seine Schultern und Augenbrauen, was genug Hinweise für seine schottische Haushälterin sind. „Aye, Aye, sowas habe ich auch schon gehört. Ich glaube, ich habe was im Fernsehen gesehen, wie viele Menschen ihre Heimatsländer besucht haben, nachdem sie erfahren hatten, woher ihre Vorfahren alle kamen. Und sowas macht ihr selber in der Schule? Kein Wunder bist du so lange geblieben."

Sie sieht Conley verständnisvoll an und widmet sich dann wieder der kleinen Experimentierfreudigen zu: „Komm, wir richten dein Zimmer her und ich erzähle dir, was Skipper als Teenager alles angestellt hat, um keinesfalls die Schulbank drücken zu müssen. Du kannst dir nicht vorstellen, was der damals auf unserem Hof alles angestellt hat, um von der Schule abzulenken und meiner Nichte gewaltigen Eindruck zu machen!"

Kapitel 12

Nachdem Angus alle Taschen im Kofferraum verstaut hat, lässt er seinen Blick über die Dorfstrasse und an den Geschäften vorbeischweifen. Er putzt sich die Nase geräuschvoll mit einem Stofftaschentuch und murmelt hinein: „Sterben müsste ich hier!" Er steckt das Taschentuch in seine Hosentasche zurück und geht zur Fahrertür. Beim Einsteigen beginnt auch schon Hailey auf ihn einzuplappern: „Ist sie nicht bezaubernd? Und so gute Manieren hat sie! Und so klug dazu! Tierärztin! Hättest du das gedacht? Sie wurde exklusiv hierher bestellt, weil ihre Diters... Dister... ah egal, das Buch eben, welches sie geschrieben hat, so gut war! Dabei ist sie doch noch so jung!" Sie legt sich beide Hände in ihren Schoss und will weiter berichten, als Angus den Motor anstellt und sagt: „Hailey, ich sass auch am Tisch!"

„Genau! Du sassest auch am Tisch! Und was hast du gemacht? Essen in dich hineingeschaufelt, aus dem Fenster gestarrt und dich überhaupt gar nicht um Stacy gekümmert! Im Gegenteil, du hast sogar Ian weggejagt, dabei wollte er dir nur sein Interesse zeigen!" Bei diesen Worten lachte Angus auf, was Hailey zu überraschen schien. „Interesse zeigen, ist gut! Der alte Bock will meine Stute. Er hatte einfach nicht genug Kohle, um sie zu kaufen und jetzt hat er Angst, erneut keinen Titel zu holen. Dabei sollte er sich mal um die Tiere kümmern, die er hat. Keine Ahnung hat er! Keine Ahnung! Eine Schande für jeden guten Hof, was der zeigt..." Er schüttelt seinen Kopf und legt seine Hand lässig auf das Lenkrad.

„Und du wirst auch bald kein Geld mehr haben, wenn du nicht für die Zukunft planst! Du kannst das nicht mehr lange alleine machen! Was, oder wer wäre hier sogar geeigneter, als eine Tierärztin?! Siehst du es denn nicht? Das ist kein Zufall, Angus, dass sie hier, soweit oben im Norden gelandet ist!"

Sie zieht sich sorgfältig die Handschuhe aus, legt sie behutsam auf ihre Tasche und blickt mit erhobenem Kopf auf die Strasse vor ihnen. „Na, was soll's für heute. Lassen wir es gut sein. Du hast sie offenbar nicht allzu sehr abgeschreckt. Ob sie lieber leichte oder nahrhafte Küche mag? ... Hm...ich werde sicherlich das schöne Porzellan auftischen, dann sieht sie gleich, dass dein Geschirr nicht aussieht, wie dein Mundwerk!"

Ihr Fahrer atmet tief ein und erwidert: „Sie kommt aber nicht zum Essen, sondern möchte sich die Pferde ansehen. Sam wird sein Bestes geben, ihr den sauberen Stall, die wunderbaren Ledersachen und meine grossartigen Schönheiten zu zeigen. Und er wird sich auch über ein leckeres Essen von dir freuen. Ich würde darauf tippen, dass er eher die nahrhafte Küche mag. Das Porzellan wird dann nicht so wichtig sein. Aber, wenn es dir Freude macht, erst stundenlang Silber zu polieren, tu dir keinen Zwang an. Ich weiss noch nicht, ob ich dann Zeit habe für die Damen der Gesellschaft. Irgendjemand muss sich ja auch noch um die ach so wichtige Zukunft kümmern. Der Wettkampf ist schon bald."

Kapitel 13

Die schwarze Stretch Limousine fährt langsam in die prachtvolle, runde Einfahrt ein. Das Knirschen der hellen Kieselsteine klingt majestätisch und ist stets ein Zeichen, dass jemand heimkommt. Das grosse Tor schliesst sich wie durch Geisterhand hinter dem Auto und die schwere Holztür nach dem Treppenaufgang öffnet sich.

„Sie sind hier! Skipper! Bonnie! Sie sind hier!" Aufgeregt hüpft das Teenagermädchen barfuss die weissen Stufen hinunter und bleibt auf der letzten

Stufe stehen. Die Fahrertür und eine Passagiertür hinten öffnen sich gleichzeitig. Der Fahrer eilt schnell nach hinten, um die andere Tür ebenfalls zu öffnen und winkt dabei Mirjam zu.

„Willkommen zuhause, Mrs Conley." Er möchte der Frau die Hand zum Aussteigen reichen, als diese dankend ablehnt und aussteigt.

Ein lautes Kreischen ist zu hören, als Bonnie und Frank durch die Eingangstür treten. „Hey, Hey!!! Ihr weckt mir noch alle Nachbarn! Alte Menschen schlafen um diese Zeit!" Frank streckt seinen Arm theatralisch in eine Richtung, breitet dann sogleich beide Arme aus und geht in die Hocke. „Kommt her meine Wilden! Baba braucht Schlabberküsse jetzt sofort!" Vier kurze, speckige Kinderbeine kämpfen sich die grossen Stufen zu ihm hoch und freudiges Kindergrunzen ist zu hören. „Baba! Baba! Baba!" Vier fleischige Ärmchen versuchen, die breiten Schultern, den Hals und Kopf des gerührten Grossvaters zu ergreifen. „Himmel, seid ihr dick geworden! Was füttern die euch in Mexiko!?" Er lässt sich gekonnt nach hinten fallen und schliesst die Beiden fest in seine starken Arme.

Bonnie geht freudestrahlend an diesem Schauspiel vorbei und die Stufen hinunter. „Bonnie! Oh meine Bonnie! Wie habe ich dich vermisst!" Die zierliche Person im weissen, sommerlichen Spitzenkleid, geht mit ausgebreiteten Armen auf die kleine Schottin zu und umarmt sie herzhaft.

„Und auch ich habe dich sehr vermisst, Mrs Conley! Euch alle habe ich vermisst! Nicht zu beschreiben, was der alte Mann da hinten durchgemacht hat!" Die beiden Frauen lösen sich aus der Umarmung, als Mirjam sich zwischen sie drängt. „Bonnie, du musst noch jemanden kennen lernen! Komm!" Ihre Aufregung wird sogleich unterbrochen: „Mirjam! Hilf erst Skipper mit den Jungs!" Lachend steigt eine elegant gekleidete Frau aus der Limousine, geht auf Bonnie zu und umarmt sie ebenfalls. „Bonnie, schön dich zu sehen!" Ihre Umarmung wird erwidert und sie wird von Kopf bis Fuss gemustert: „Meine Liebe, gibt es in der Stadt nichts zu essen?! Himmel, Bob, wo steckst du?! Was machst du bloss mit meiner Linda?!"

Kapitel 14

Elegant fährt der prachtvolle Wagen durch den romantischen Wald zur grossen Hofeinfahrt. Schon von weitem sehen die beiden Insassen den jungen Stallburschen auf dem Zaun sitzen. „Was macht denn Sam hier? Hast du vergessen, ihm zu sagen, dass wir ins Dorf fahren? Oh nein, der arme Junge! Wer weiss, wie lange er schon dort sitzt und auf dich wartet?" Bestürzt, als wäre etwas furchtbar Schlimmes passiert, hält sich Hailey beide Hände vor den Mund. Von Angus ist nicht viel mehr, als ein leises Knurren zu vernehmen. Er lenkt den Wagen langsam auf den Hag zu und lässt seine Fensterscheibe hinunter. „Das ist keine Sitzbank, Sam!" Er lässt den Motor laufen und blickt zum Haus. Der Stallbursche hüpft vom Zaun herunter und beugt sich zum offenen Fahrerfenster, ohne das Auto zu berühren. „Entschuldigen Sie, Sir. Ich wollte Sie auf keinen Fall verpassen, wenn Sie heimkommen."

„Geh! Mach dich nützlich! Bereite Abbey und Aaron vor. Ich komme gleich nach." Mit diesen Worten schliesst Angus das Fenster wieder und lenkt den Wagen auf das herrschaftliche Haus zu.

Kopfschüttelnd greift Hailey nach der dargebotenen Hand von Angus und lässt sich aus dem Auto helfen.

„Weisst du was, ich gebe auf! Es hat keinen Sinn mehr, dich zu ändern! Du bist, wie du bist und ich lasse nicht zu, dass ich wegen deinem Verhalten noch schneller alt werde! Ich wünschte mir bloss, dass du dir wenigstens etwas Mühe geben würdest!" Sie führt ihre Hand durch die Handtaschenschlaufe und streicht sich den Mantel glatt. „Ich gehe davon aus, dass du Sam zum Essen mit reinbringen wirst später? Dieser ausgemergelte Junge soll wenigstens etwas Anständiges zwischen die Zähne bekommen, wenn er schon für nichts hier war!" Sie dreht sich zur Steintreppe um und geht diese langsam und konzentriert hinauf.

„Aber gewiss doch, M'lady!", antwortet Angus hinter ihrem Rücken und macht eine Verbeugung, während er die Wagentür schliesst.

„Ich habe immer noch Augen am Hinterkopf! Das hast du schon als Kind stets vergessen! Nur deine Schwester war so schlau, sich daran zu erinnern!" Sie schliesst die grosse Holztür auf und geht ins Haus.

„Genau, sehr schlaues Mädchen war sie! Besonders, als sie ihren eigenen Mörder geheiratet hat!", murmelt Angus vor sich hin und schlendert in Richtung Stallung.

Kapitel 15

„Ich kann noch immer nicht fassen, wie gross sie schon sind! Die Zeit vergeht viel zu schnell, nicht wahr? Eben hält man noch das Baby im Arm, schon überlegen sie sich, auf welche Uni sie gehen wollen!" Linda nimmt ein Kristallglas, gefüllt mit prickelndem Champagner und greift nach einem weiteren. Sie geht damit auf ihren Mann zu und hält es ihm hin. „Magst du auch eins, Habibi?"

Robertos rechte Hand greift danach, während seine Linke die Bremse seines Rollstuhls befestigt. „Sehr gerne, meine Schöne! Auch wenn ich mich nach einem solchen Tag in der Praxis eher nach etwas Stärkerem sehne." Er zwinkert Frank zu, welcher eben die Flasche Moet wieder auf das silberne Tablar stellt.

„Na, dem kann ich noch so gerne abhelfen! Dann muss ich diese Prinzessinnenpfütze auch nicht trinken! Entschuldige, meine Liebe, ich weiss du magst dieses Zeug!" Er hebt seine Hände verteidigend in die Luft und geht zu seiner pompösen Bar im Nebenraum. „Erzähl mir, Roberto! Wie läuft es in der Praxis?" Frank kommt mit zwei gefüllten Whiskygläsern zurück, reicht eines davon Roberto und setzt sich auf einen bequemen Ledersessel ihm gegenüber. Linda geht in Richtung Küche und hebt ihr Glas. „Ich helfe Bonnie. Es scheint, als würden die Kids im Gästehaus etwas mehr Zeit brauchen."

„Es läuft gut, sehr gut sogar, Frank! Und noch immer stehe ich tief in deiner Schuld!" Der Schweizer im Rollstuhl hebt sein Whiskyglas. „Sláinte!"

„Sláinte!", erwidert der grosse Schotte und beide nehmen genüsslich einen Schluck. „Du stehst nicht im Geringsten in meiner Schuld! Und das weisst du ganz genau. Was hätte ich denn schon ohne euch? Keine wilden Enkelkinder, keine bezaubernde Schwiegertochter und neu; ein Schwiegermonster!" Er lacht laut auf und klopft sich mit der Hand aufs Bein! „Nein, Scherz beiseite. Sie scheint eine wunderbare Frau zu sein! Was denkst du, Rob, kannst du ihr helfen?" Er nimmt erneut einen Schluck aus dem Glas, bevor er es auf den kleinen Tisch neben sich stellt.

„Du weisst, ich bin kein Spezialist auf diesem Gebiet, aber ich habe hier gute Kontakte. Fakt ist, ich habe bereits einen Kollegen darauf angesprochen an der Konferenz von letzter Woche. Ich wollte die Bombe eigentlich erst beim Essen platzen lassen..." Er nippt an seinem Glas und schielt zur Küche. „Ich habe Linda auch noch nichts davon erzählt. Und du weisst, wie sie reagiert, wenn es um Geheimnisse geht!" Er verdreht seine Augen und schmunzelt verschmitzt.

„Och... das ist jetzt aber fies! Komm schon! Raus mit der Sprache! Was hast du Gutes?!" Conley Senior stemmt sich mit beiden Ellenbogen auf seine Beine und lehnt sich neugierig nach vorne.

Kapitel 16

Angus betritt selbstbewusst den Stall in seinem Reitoutfit. Er geht auf die beiden gesattelten Pferde zu und ergreift die Zügel seines schönen Hengstes. Sam tritt herbei und sieht den Gutsherrn verwundert an. „Sie reiten Aaron, Sir?" Er bleibt unbeholfen neben der weissen Stute stehen und legt ihr sanft die Hand auf den Hals.

„Sam, wie lange arbeitest du schon für mich?" Der stattliche Mann nimmt nun auch die Zügel von Abbey in die Hand und führt beide Pferde aus dem Stall. Verlegen geht der Stalljunge, der lange kein Junge mehr war, neben ihnen her und antwortet: „Um die drei Jahre, Sir! Denke ich. Ich habe nicht gezählt. Ist das wichtig?" Leicht irritiert spielt er am Lederriemen des Sattels.

„Hör auf damit! Du machst sie nervöser, als sie sonst schon ist! Drei Jahre also, hm... und noch immer weisst du nicht, wie man ein neues Pferd zureitet?" Er bleibt stehen und sieht seinen Helfer streng an. „Und jetzt raus damit! Was hast du rausgefunden?"

***

Elegant reitet Angus auf seinem treuen Begleiter mit Abbey neben ihnen durch seinen Wald, weg vom Hof. Immer wieder gibt er Schnalzgeräusche von sich und spricht zu seinen schönen Tieren: „Braves Mädchen! Du bist bald zuhause hier. Wirst schon sehen. Nicht wahr Aaron? Wir hatten auch Anfangsschwierigkeiten und schau uns beide heute an!" Er klopft dem schwarzen Tier freundschaftlich auf den Hals, was dieser mit einem Nicken und Schnauben beantwortet. „Siehst du, Abbey, wir wissen, wovon wir sprechen! Und du bist eine ganz besonders elegante Dame! Ja, das bist du! Du hättest die gierigen Augen von diesem Ian sehen sollen heute! Es ist nicht zu fassen, wieviel Zeit die Menschheit mit dummem Geschwätz verschwendet. Fast hätte der mich um mein Essen gebracht. Hm, es war ganz ok, aber natürlich kein Vergleich zum Essen, was unsere Hailey zubereitet. Das übertrifft niemand. Ausser vielleicht... nein, bestimmt nicht! Die Arme muss mit amerikanischem Kram kochen! Die bekommen bestimmt nicht unsere frischen, guten schottischen Zutaten dort drüben!" Er nickt mit dem Kopf in eine Himmelsrichtung und schnalzt dann wieder mit der Zunge. „Ich denke, das reicht für heute, meine Freunde! Lassen wir Sam nicht zu lange warten. Für dich meine Schöne, gibt's jetzt noch etwas Seiltanzen." Er dreht beide Pferde um die eigene Achse und zielstrebig gehen sie auf den Hof zurück.

„Sam! Komm her! Zeig, was du gelernt hast!" MacKay bindet seinen Hengst am Zaun zur Paddock fest und geht mit der aufgeregten Stute hinein. Der Stalljunge kommt aus dem grossen Holzhaus, in Begleitung einer jungen Frau, im schwarzen Reitoutfit.

„Guten Tag, Angus! Ich hoffe, ich störe nicht beim Zusehen!"

Kapitel 17

„Bonnie, das Gästehaus sieht traumhaft aus! Wie kriegst du das immer wieder hin, dass alles perfekt ist? Ich schaffe es kaum, dass meine Küche nach einer Küche aussieht!" Die fröhliche Mexikanerin geht auf Bonnie zu, welche in der grossen, offenen Küche am Hantieren ist. Als die Küchenbesucherin einen Pfannendeckel heben will, steht Bonnie ruckartig neben ihr, legt ihr die Hand auf ihre und sieht sie liebevoll an. „Ich habe auch nur EIN Kind, worum ich mich kümmern muss! Du hast drei! Und du machst das grossartig! Aber hier drin, meine Liebe, hast du jetzt nichts verloren, du darfst dich gerne zu Linda setzen." Sie weist mit dem Kochlöffel in die andere Richtung der geräumigen Küche, wo Linda grinsend auf einem Hochstuhl sitzt und mit ihrem Champagnerglas spielt. „Ja, komm her zu mir Rosa, das ist die Ecke der Verbannten!" Seufzend geht die zierliche Küchenverbannte auf die Einladung ein und setzt sich neben Linda auf den Hochsitz.

„Und wie schaffst DU das, Linda? Sieh dich an! Du bist immer perfekt! Alles ist bei euch immer perfekt! Perfekte Familie, perfektes Haus, perfekte Praxis, perfektes Kind, perfektes Auto..." Ihre Aufzählung wird durch ihren Mann, der in der Zwischenzeit auch in die Küche gekommen ist, unterbrochen.

„Hey, hey, hey! Jetzt aber mal alle etwas anständiger hier drin! Angefangen mit dir, Bonnie!

Habe ich eben richtig gehört? Du bezeichnest Dad als Kind?" Er geht lachend auf die kleine, weisshaarige Schottin zu und küsst sie auf den Kopf.

„Nicht nur ihn, auch dich! Solltest du richtig mitgezählt haben, mí amor!" Belustigt nimmt Rosalía das Glas von Linda, hebt es in die Luft und trinkt es in einem Zug leer. „Me aculpa, Linda Guapa, aber das habe ich jetzt gebraucht! Ich hole uns gleich noch mehr von diesem Zeug. Auch wenn ich meinen Kopf von morgen jetzt schon spüren kann! Dieser Flug hat mich viele Nerven gekostet!" Und an Ken gerichtet sagt sie: „Du schuldest dieser Señorita hier viel! SEHR VIEL!!!" Theatralisch hebt sie ihr Gesicht in die Luft, strafft ihren Rücken, streckt ihren Busen nach vorn und geht mit dem leeren Glas ins Nebenzimmer.

„Oh, oh, Ken! Scheint, als hätte Rosalía ihr mexikanisches Temperament sehr gut gepflegt in all diesen Jahren hier." Linda lacht heiter auf, während sie der sympathischen Freundin nachsieht.

„Wem sagst du das! Aber, genau dafür liebe ich sie! Das tun wir alle, stimmt's? Zumindest haben ihre Selbstgespräche etwas abgenommen, seit die

Jungs sprechen können und sie gemerkt hat, dass sie ihr alles nachsprechen! Das führte das eine oder andere Mal zu unangenehmen Situationen." Alle drei brechen in lautes Lachen aus, als Rosa mit zwei gefüllten Champagnergläsern zurückkommt.

„Ich warne euch, wenn ihr über mich lacht, dann mache ich Chili aus euch! Ich habe es erst gerade wieder gelernt! Ich bin also auf dem neusten Stand und extrem in Hochform!" Sie stellt Linda ein Glas hin und setzt sich wieder neben sie. „Also, du wolltest mir eben erklären, weshalb bei dir alles so perfekt ist!"

Kapitel 18

Hailey hängt das sorgfältig gebügelte Hemd an den Holzbügel und geht in Richtung Schrank. Sie sieht belanglos durch die Fensterscheibe, als sie daran vorbeigeht. Als würde sie ihren Augen nicht trauen, geht sie wieder einen Schritt zurück und blickt überrascht hinaus. Ihr Gesicht hellt sich schlagartig auf und ihr Strahlen wird breiter, je länger sie hinausblickt. „Mein guter Junge! Schau dich nur an, wie grossartig du ausschaust! Hailey weiss genau, dass du nicht der stumme, rücksichtslose Graugeier bist, den du immer vorgibst zu sein. Ich kenne dich zu gut. Seit du das Licht dieser Welt erblickt hast. Und jetzt endlich, wirst du zum Mann! Auch wenn es zu lange gedauert hat meiner Meinung nach. Lieber die Richtige spät, als die Falsche zu früh."

Sie erledigt den Rest der Wäsche etwas schneller als üblich und geht hinunter in die Küche. Ein prüfender Blick in den Kühlschrank schenkt ihr Ideen für ein genüssliches Mahl im gemütlichen Speisezimmer. Sie nimmt sich ihre Jacke vom Haken, schlüpft aus den warmen Hausschuhen und direkt in die kalten Stiefel. Die Tür lässt sich nur schwerfällig öffnen, doch sie geht schon bald in kurzen, aber raschen Schritten zum Paddock. „Meine Liebe! Wie schön, Sie bei uns zu haben! Herzlich willkommen!" Sie streckt Stacy ihre Hand zum Gruss hin und nimmt die ihre gleich in beide Hände.

„Miss Burns, auch schön Sie wieder zu sehen! Ihr Hof ist beeindruckend! Und ich wage zu behaupten, dass ich in meinem ganzen Leben noch nie solch schöne und gut dressierte Pferde gesehen habe! Ich bin wirklich sprachlos!" Die Tierärztin strahlt Hailey glücklich an und blinzelt etwas verlegen zu Angus, welcher lässig am Zaun lehnt, ein Bein aufgestützt.

„Oh, ich hoffe doch sehr, dass Sie zum Abendessen bleiben, ich bin mir sicher, dass Sie nicht anständig essen, so alleine, in Ihrer kleinen Wohnung. Ich würde Ihnen auch gerne das Haus zeigen, ein Familiensitz, der schon seit Jahrhunderten besteht. Nicht wahr Angus, wir würden uns sehr über ihre Gesellschaft freuen?!"

Just in diesem Moment gibt Sam nicht gut acht und die Stute brennt ihm durch. Sie rennt wie von Füchsen gejagt zur anderen Seite und trabt am hohen Zaun auf und ab.

„Verdammt Sam! Niemals aus den Augen lassen! Sie hat sich gerade selber zur Königin gekrönt!" Verärgert hüpft er über den Zaun in den Paddock und wirft abschliessende Worte über seine Schultern: „Geschnatter gehört in den Hühnerstall!"

Kapitel 19

Die Stühle am grossen herrschaftlichen Holztisch sind bis auf den Letzen besetzt. Vier prachtvolle Kerzenständer, dekorative frische Rosen und Kristallkugeln sind sorgfältig darauf angeordnet. Die weissen Porzellanteller, das polierte Silberbesteck und die Kristallgläser runden das einladende Bild perfekt ab. Bonnie, bringt eine dampfende Schüssel nach der Anderen hinein und stellt sie gezielt auf den Tisch. Alle Augen sind hungrig auf die zubereiteten Speisen gerichtet und Rosalía kommentiert simultan: „Oh Bonnie, grüne Bohnen... selbstgemachter Kartoffelstock... Preiselbeergelee... hmmm!!!... und was hast du hier drin? Chicos! Habt ihr je ein solches Festmahl gesehen? Eure Mama kann sowas nicht! Also geniesst jeden Bissen heute!"

Alle am Tisch lachen mit und Ken legt seinen Arm um ihre Schulter. „Macht nichts, Guapa, du hast andere Qualitäten!" Er küsst sie auf die Schläfe und sieht seine Zwillinge stolz an. „Nicht wahr Jungs? Keine Mama kann so gut massieren wie eure!" Blitzartig haut ihm Rosalía auf den Oberschenkel.

„Ich sehe schon, meine Schläge haben dir offenbar auch gefehlt!"

„Also ich würde mich lieber von dem Grossen da hinten am Tisch massieren lassen!" Alle Augen sehen die eben eingetretene Person im Türrahmen an.

„Tia Susie!!!" Kreischend springen die identischen Zwillinge von ihren Stühlen auf und rennen auf die füllige Dame zu.

„Aber nicht umwerfen, Jungs! Tia Susie kann sonst nicht mehr aufstehen!" Susan Manders lässt die beiden Jungs an sich kuscheln und umarmt sie herzhaft! „Was kriegt ihr bloss im Süden? Wachsbohnen? Mensch, ihr könnt mich ja schon bald auf einer Sänfte zu Tisch tragen!" Sie lacht laut auf und kneift die Jungs in ihre speckigen Arme.

„Komm, das ist dein Platz! Baba hat gesagt, die heutige Dame des Hauses ist Tia Susie!" Die beiden Jungs nehmen sie an den Händen und zerren sie zu Tisch. Gerührt von diesem Wiedersehen und dem Gesagten aus Kindermund, blickt Susie mit Tränen in den Augen zu Frank und schickt ihm einen

Luftkuss. Sie schickt weitere Küsse der Reihe nach, bis ihr Blick auf einer ihr fremden Person ruhen bleibt.

Rosalía ist in der Zwischenzeit neben sie getreten, hat sie herzhaft von der Seite gedrückt und sagt: „Tia Susie, ich möchte dir gerne jemanden vorstellen." Sie führt sie am Ellenbogen um den Tisch und die Frau steht von ihrem Stuhl auf. „Das ist Mima, meine Mutter, Carmen. Mima, das ist unsere Tia Susie." Die beiden Frauen sehen sich für einen Bruchteil einer Sekunde an und umarmen sich so herzhaft, als hätten sie schon lange auf diesen Moment gewartet.

Kapitel 20

Glücklich hantiert Hailey in ihrer Küche herum und summt fröhlich schottische Lieder vor sich hin. Sie nimmt aus einer Schublade das sorgfältig zusammengefaltete Tischtuch, sowie die Stoffservietten und will ins Esszimmer, als das Telefon klingelt. Sie legt alles zur Seite, streicht sich gewohnheitshalber die Schürze glatt und hebt den Hörer vom alten Telefon an der Küchenwand ab.

„Hier ist Hailey Burns." Sie blickt auf das Telefon und entnimmt ihrer Schürze einen Lappen, mit welchem sie die Gabel putzt. „Wie bitte? Wer spricht da? Könnten Sie bitte etwas lauter reden, mein Gehör zeigt sein Alter." Während sie das belustigt in die Muschel spricht, drückt sie den oberen Teil etwas fester ans Ohr. „Oh...oh...mein Junge! Hallo! Oh...wie schön deine wunderbare Stimme zu hören! Wie geht es euch? Wann kommt ihr her?! Wie lange lässt du mich warten?" Sie hält nun mit beiden Händen den Hörer fest und konzentriert sich auf ihren Gesprächspartner am anderen Ende.

***

„Hailey!? Hailey?! Wir reiten zur Klippe und sind in einer Stunde zurück!" Angus brüllt diese Worte laut durch die offene Eingangstür. Er wartet einen Moment und schliesst die Tür dann wieder mit Achselzucken. „Alles in Ordnung?" Stacy blickt ihn vom Pferd herab an und tätschelt dem braunen Wallach den starken Hals. „Denke schon. Sie wird mich gehört haben."

„Zu den Klippen also! Wunderbar, das muss atemberaubend sein. Ich habe schon so viele Bilder gesehen. Vielen Dank Angus, dass Sie sich trotz dem Hühnergeschnatter die Zeit nehmen!" Stacy blinzelt belustigt und doch verlegen aufs Pferd, dann zu ihrem Begleiter.

„Hm, schon recht... Die Pferde mussten eh noch bewegt werden, weil ich sinnlos im Dorf war."

***

„Hast du das gehört?! Hast du das eben gehört?!" Hailey schlägt sich eine Hand auf den Mund und ihre Augen füllen sich mit Freudentränen. „Das ist mein absoluter Glückstag! Alle meine Gebete werden miteinander erhört! Welch ein Wunder!" Sie nickt mit dem Kopf, als würde ihr Telefongesprächspartner diese Gestik sehen können. „Ja, das war er! Und stell dir vor, er reitet mit einer wunderbaren, ach so wunderbaren jungen Dame aus! Sie ist Tierärztin aus Glasgow. Aber jetzt ist sie hier im Norden für irgendeine Studie oder so etwas. Wir waren heute mit ihr essen. Du hättest Angus erleben sollen. Furchtbar, sage ich dir! Du kennst ihn ja. Aber egal, jetzt ist sie gekommen und..." Sie wird von ihrem Gesprächspartner unterbrochen. Dann erwidert sie: „Ohja, natürlich, mein Junge! Was wolltest du mich eben fragen, Kenneth?"

Kapitel 21

Das grosse, graziöse, mittlerweile sehr heimelige Haus in den Hamptons ist erfüllt mit herzhaftem Lachen und Heiterkeit. Die erfreuten, zweisprachigen Kinderstimmen bringen erneutes Leben in die sonst so ruhige Atmosphäre und Frank sieht sich zufrieden in seinem Wohnzimmer um. Jeder hat sich einen passenden Platz ausgesucht, um dem gesättigten Bauch etwas Ruhe zu gönnen. Selbstverständlich haben das die zwei Kleinsten in der Familie nicht nötig. Sie rennen die Wendeltreppe hoch und rutschen das Geländer kreischend wieder hinunter.

„Díos mío!!! Jungs!!! Hört SOFORT auf damit oder Mama macht Chili aus euch! Habt ihr mich gehört?!" Rosalía wirft beide Hände in die Luft und stemmt sie in ihre schmale Taille. „Ich warne euch zum LETZTEN Mal!!!" Sie flucht auf Spanisch weiter, als Linda sich neben sie stellt mit einer Tasse heissem Tee in der Hand.

„Soll ich dir schon mal Wasser aufkochen oder sind deine Drohungen auch so gelogen, wie meine es immer waren?" Sie streckt der kleinen Mexikanerin die Tasse hin und beobachtet schmunzelnd die wilden Jungs oben auf dem Absatz.

„Linda, di me, wie geht es Roberto wirklich? Warum sitzt er noch in diesem schrecklichen Stuhl?!" Rosa dreht sich demonstrativ um und zeigt der wilden Bande hinter sich den Rücken. Linda blickt sie an und seufzt tief auf: „Rosa, du musst Tacheles mit ihm reden! Du glaubst nicht, wie stur er ist! Auf mich will er ja nicht hören, was weiss ich denn schon von Medizin." Sie verdreht ihre Augen und fixiert die Jungs auf dem Absatz. „Hey Jungs! Wollt ihr nicht eine Runde mit Onkel Roberto drehen? Ich bin mir sicher, das hat ihm gefehlt!" Sie klatscht ermutigend in die Hände und zeigt ihnen den Weg ins Wohnzimmer.

Mit entschlossenen Schritten folgt die ehemalige Physiotherapeutin ihrer wilden Brut ins Wohnzimmer und lässt ihnen Vorrang auf Robertos Schoss. „Aber nur eine Runde für jeden, dann ist Mama an der Reihe!" Sie zeichnet einen imaginären Kreis in der Luft und zwinkert Roberto zu. Dieser nimmt den ersten Zwilling auf den Schoss und lenkt seinen Rollstuhl gekonnt an Rosa vorbei. „Tut mir leid, Señorita, auf diese Idee hätten Sie damals in der Klinik kommen sollen. Jetzt habe ich meine Frau wieder und sie einen Juristen an der Backe! Hasta luego!" Er verschwindet im Nebenzimmer und das fröhliche Kreischen ihres Sohnes klingt in Rosalías Ohr wie eine gespielte Geige. Ihr Blick wandert zu Linda, welche sich zwischenzeitlich zu Frank und Ken gesetzt hat und sie murmelt: „Deine Frau hast du wieder ja,... wir sind aber noch nicht am Ziel, Señor Doctore!"

Kapitel 22

Schweigend reiten die beiden Fremden nebeneinander durch das malerische Hochland von Schottland. Obschon Angus jeden Stein, jeden Baum, ja gar jeden Sandhügel bestens kennt, verliert auch er sich stets von neuem in Gedanken, inspiriert durch die Ruhe und Geborgenheit, welche dieses Land sendet. Ein Land, sein Land, welches er niemals verlassen könnte und daher auch nicht würde. Noch immer stellt er sich so oft die Frage, wie einfach seine Schwester alles hinter sich lassen konnte. Diese Gier der Menschheit, alles besitzen zu wollen. Berühmt und reich sein. Alles auf der Welt gesehen zu haben und alles erlebt haben zu müssen. Wozu? Am Ende liegen sie alle gleich bleich in einer Kiste unter der Erde oder werden verbrannt in einen kleinen Topf gesteckt. Was soll das eigentlich? Warum kann man nicht geniessen, was man hat? Dankbar sein für jeden Tag, an welchem die Lunge sich mit Luft füllt, das Herz fleissig das Blut im Körper organisiert und der Verstand einem keine Streiche spielt?

„Angus?", die zögernde Frauenstimme neben sich, unterbricht seine immer wiederkehrende

Lebensphilosophie. Ob sie sich selber auch solche Fragen stellt? Vielleicht würde er sie danach fragen. Ja, vielleicht, würde er das tun. Und wenn sie wirklich so grossartig ist, wie Hailey das behauptet, hat sie sogar die eine oder andere Antwort auf seine Fragen. Er blickt sie an, ohne etwas zu erwidern, da ihm ein plumpes 'Ja' deplatziert vorkommt, wenn er sie doch ansieht. Sie scheint zumindest diesen Gedanken schon mal richtig erraten zu haben und schenkt ihm ein Lächeln. „Darf ich Sie etwas fragen oder möchten Sie lieber weiter grübeln?" Sein Stirnrunzeln und seine gespitzten Lippen verraten ihr, dass sie ihn auf frischer Tat ertappt hat. Er blinzelt leicht verlegen, räuspert sich und nimmt die Zügel von seinem Hengst enger. Er blickt gespielt gelassen auf den Weg und antwortet: „Fragen kann man immer, wenn man die Antwort nicht scheut. So zumindest, hat es mich mein alter Herr gelehrt, bevor er sich zu Tode gesoffen hat."

Da ihm dies schon eine Spur zuviel Unterhaltung war, gibt er seinem Pferd einen sanften Tritt und schnalzt mit der Zunge. Blitzartig tut Stacy es ihm gleich und sie galoppieren bis zur Spitze der

Klippe, wo sie den schnaubenden Tieren eine Atempause gönnen. Sie stehen nebeneinander und blicken auf das wilde Meer.

„Sind das die Orkney Islands?" Stacy zeigt mit ihrem Finger in eine Himmelsrichtung, in welcher Festland zu sehen ist. „Aye", erhält sie zur Antwort und sie schmunzelt. „Ich habe in einem Buch gelesen, dass es auf dieser Insel spuken soll. Wissen Sie mehr, über diesen Mythos?" Sie scheint sein Interesse geweckt zu haben, denn er richtet es sich gemütlicher ein auf dem Sattel und blickt zu den Inseln. „Das sollten Sie besser Hailey fragen. Sie kennt alle Spukgeschichten von ganz Schottland und ist eine Wucht von einer Geschichtenerzählerin!" Überrascht über seine eigene Antwort, blickt er irritiert auf sein Pferd und klopft ihm auf den starken Hals.

„Das ist toll! Das werde ich gerne tun, ich liebe es, Geschichten zu hören!"

„Dann warten Sie mal ab, was Hailey alles über unsere Familie zu erzählen weiss! Oder haben Sie den blumigen Dorftratsch schon zu Ohren bekommen?"

Kapitel 23

„Mirjam, hast du Lust diese kleinen Chilischoten ins Bett zu bringen? Ich glaube, der Champagner, Wein und Whisky erlauben es mir nicht mehr, vernünftig eine Gutenachtgeschichte zu erzählen." Kenneth hält an jeder Hand eines seiner Kinder und sieht das Mädchen auf Franks Schoss fragend an.

„Aber sicher doch! Kommt Jungs, ich erzähle euch die Geschichte vom Piraten mit nur einem Auge!" Freudiges Kreischen hallt im Haus und die jüngste Generation geht in Richtung Gästehaus. Kaum kehrt Stille ein, wird sie von Susie gebrochen: „So, und jetzt raus mit der Sprache! Was passiert nun? Ich meine, hier muss jetzt was passieren oder? Wann und wo geht's los?!" Neugierig blickt sie von einem Gesicht zum anderen und Roberto ergreift das Wort: „Ich habe gute Neuigkeiten!" Er nimmt Lindas Hand, die neben ihm steht und fährt fort: „Wir haben einen Spezialisten, der sich Carmen ansehen wird. Und zwar diese Woche noch!"

Ein Glas fällt zu Boden und Kristall zersplittert. „Caramba!!! Díos mío!!! Heilige Mutter Gottes! Roberto!!! Mama! Ken!!" Rosalía kreischt eines nach dem anderen hinter ihrer Hand vor dem Mund hervor und weiss nicht, an wen sie sich zuerst richten soll. Frank lacht, klopft sich auf die Schenkel und will aufstehen, als Bonnie schon mit einem Besen zu Rosa eilt. „Beweg dich lieber nicht, meine Liebe!"

„Es tut mir leid Frank, Bonnie!! Ich...ich ersetze euch das Glas... Aber,... aber,... habt ihr das gehört?! Roberto! Wer? Wo? Und wie kommen wir dazu?!" Sie geht trotz Bonnies Warnung auf ihre Mutter zu, welche noch immer ahnungslos, jedoch sichtlich verwirrt, neben Susie auf dem Ledersofa sitzt. Sie blickt fragend in die schönen Augen ihrer Tochter und hält beide ihr hingehaltenen Hände fest. „Qué pasa, Guapa? Tudo bien?" Ihre kaum verständlichen Laute ergeben lediglich Rosalía einen Sinn.

„Oh Mima!!! Roberto hat dir einen der besten Spezialisten gefunden und er will dich sehen! Mama, weisst du, was das bedeutet?!" Sie nimmt das Gesicht ihrer Mutter zwischen ihre Hände und küsst es auf beide Wangen. Die Angesprochene scheint sehr wohl zu verstehen und ihre Augen füllen sich mit Tränen. Sie hält die Hände auf ihrem Gesicht fest und nickt. Sie löst sich von den zitternden Händen ihrer Tochter und gibt Gebärdensprache von sich. Rosa antwortet ihr heftig und schüttelt energisch den Kopf.

„Oh, oh... das sieht aber nach mexikanischem Familienstreit aus! Wie geht das? Von einer Sekunde auf die andere? Worüber streiten sie denn jetzt, Ken?" Frank blickt verwundert und erstaunt von den beiden stumm argumentierenden Frauen zu seinem Sohn. Dieser lehnt sich lächelnd an den Türrahmen, schwenkt das goldene Elixier in seinem Glas und antwortet: „Ich beantworte dir nicht diese, sondern eine andere Frage, die du mir heute gestellt hast: Nein, Dad, sie werden sich wohl beide nie daran gewöhnen, zum MacKay Clan zu gehören und den Namen Conley zu tragen."

Kapitel 24

„Angus!? Wo bist du?! Immer muss ich dich suchen!" Hailey stampft aufgeregt durch den Stall und kehrt wieder um. Sie geht über den Kiesplatz und sieht den grossen Mann aus den Pferdeboxen kommen. Noch nicht bei ihm angelangt, schreit sie weiter: „Wo ist sie?! Was hast du mit Stacy gemacht?!" Sie blickt verwirrt an ihm vorbei. Als sie niemanden sonst erkennen kann, stellt sie sich demonstrativ vor ihren Schützling hin und erhebt den Zeigefinger. „Auf der Stelle, Angus, sagst du mir, wo unser Besuch ist!"

„Bei den Klippen. Soll ich dir ein Pferd satteln?" Er steckt sich genüsslich beide Hände in die Hosentaschen und wippt auf seinen Füssen vor und zurück.

„Bei den Klippen?! Bist du denn von allen guten Geistern verlassen?! Warum lässt du sie alleine bei den Klippen?! Also... ich... ich kann es nicht fassen! Angus Cunnigham MacKay, du bist der wohl schrecklichste und gemeinste und... und..." Sie dreht sich wütend, schnaubend und tobend in Richtung Haus, als eine liebevolle Frauenstimme erklingt: „Miss Burns? Geht es Ihnen gut?" Blitzartig dreht sich die kleine Wutbombe auf ihren Absätzen um und blickt erstaunt in die grossen Augen von

Stacy, welche nun zu ihnen kommt. „Ist etwas passiert?" Die Besucherin vom MacKay Hof blickt erst von Hailey zu Angus und wieder zurück.

„Oh mein Liebes! Sie sind hier! Aber... ich verstehe nicht... Wo waren Sie eben noch?"

„Angus war so freundlich, mich die Toilette benutzen zu lassen. Ich hätte vor dem Reiten nicht so viel trinken sollen. Es tut mir leid, ich wusste nicht, dass ich deswegen für Aufregung sorge."

„Sie?! Für Aufregung sorgen?!" Hailey weiss nicht, wie sie sich verhalten soll, denn am liebsten würde sie dem Tollpatsch an die Gurgel springen. „Angus, ich bin sprachlos! Wo sind deine Manieren?! Du bringst mich noch um den Verstand! Es tut mir sehr leid Stacy, ich entschuldige mich für diesen Rüpel! Wie kann er es wagen, Sie das eklige Stallklo benutzen zu lassen! Sie werden ja einen furchtbaren Eindruck von uns haben!" Sie fasst Stacy bei der Hand und wirft dem schelmisch grinsenden Hofbesitzer einen vernichtenden Blick zu. „Kommen Sie, mein Liebes, wir gehen ins Haus. Sie können sich im schönen Bad noch etwas frisch machen."

Als sie kurz davor stehen, ins Haus zu treten, blickt Hailey zurück und ruft Angus zu: „Und dich treffe ich in der Küche! Es gibt eine Planänderung! Kenneth hat angerufen."

Kapitel 25

Nachdem sich die hitzigen Gemüter etwas beruhigt haben, begleitet Susie die verstummte Carmen ins Gästehaus. Sie fühlt sich schuldig, das Ganze so plump angezettelt zu haben und kann die besorgte Frau gut verstehen, nicht von anderen abhängig sein zu wollen. Die herzensgute Empfangsdame vom Conley Island Hospital weiss sehr gut, wie es sich zu Beginn angefühlt hat, bei den Conleys miteinbezogen zu werden. Es ist eine andere Welt und wird es für sie auch immer bleiben. Auch wenn sie hier alle so unglaublich fest in ihr Herz geschlossen hat, geht sie immer wieder gerne in ihr kleines, heruntergekommenes Haus zurück, zieht sich ihren alten Walmart Hausmantel an und schlüpft in die rosafarbenen Plüschsandalen. Aber dies hier ist etwas anderes, das wird sie Carmen schon noch beibringen müssen! Hier geht es um ein Wunder der heutigen Medizin! Um die Tatsache, ein tot geglaubtes Gehör wieder zum Leben erwachen zu lassen. Was sein muss, muss sein!

***

Im grossen Wohnzimmer erklingen sanfte Klaviertöne und ziehen magisch alle Gäste an. Rosalía setzt sich auf den Schoss von Ken, der es sich in einem Sessel gemütlich gemacht hat. Susie und Bonnie setzen sich neben Frank auf das lange Sofa und Linda legt sich auf die Chaiselongue. Sie schliesst ihre Augen und lässt sich von Robertos Fingerfertigkeit am Flügel entführen. Lautlose Tränen rollen ihr über die Wangen. Roberto spielt mit einem wehmütigen Lächeln geschickt die weissen und schwarzen Tasten und bedient gekonnt das Pedal. Rosalía blickt ihren Mann an, küsst ihn zärtlich und flüstert ihm etwas ins Ohr. Sein Blick wandert zu Robertos Fuss auf dem Pedal und erwidert Rosas Nicken. Frank schwenkt seinen Whisky im Glas, drückt Bonnie mit dem anderen Arm fest an sich und lässt seine Gedanken in die Ferne schweifen.

„Das war wie immer wunderschön, Bob!" Rosa löst sich aus den Armen von Ken und geht auf den grossen Mann am Flügel zu. Sie legt ihm die Hand auf die Schulter und bückt sich zu seinem Ohr. „Ich weiss, dass du deine Beine bewegen kannst. Was soll das Schauspiel mit dem Rollstuhl?" Sie tauschen Blicke aus und Roberto antwortet ihr: „Es ist nicht ganz so einfach wie du denkst, Rosa. Aber lass uns nicht jetzt darüber sprechen, ok?"

„Was habt ihr beiden schon wieder zu flüstern? Immer diese Mediziner unter sich!" Susan Manders erhebt sich vom Sofa, streicht sich ihre Strickjacke glatt und freut sich insgeheim über ihre verlorenen Pfunde. Sie geht lächelnd zu Linda, die noch immer auf der Chaiselongue liegt und sich die Nase putzt. „Was ist los, Süsse?" Susie setzt sich ans Fussende und hält ein Fussgelenk ihrer jungen Freundin fest. „Eigentlich nichts, immer dasselbe. Und sobald ich sein Klavierspiel höre, werde ich zurückgeworfen in all diese schrecklichen Erinnerungen, weisst du!" Sie zieht ihre Beine seitlich hoch und sieht zu Frank.

„Da ist noch was, das ich euch leider mitteilen muss..." Conley Senior setzt sich an den Rand des Sofas, nimmt sein Glas in beide Hände und blickt nachdenklich hinein. „Als ich Mirjam heute von der Schule abholte, waren sie gerade inmitten eines Experimentes." Er blickt mit hochgezogenen Augenbrauen erst Roberto, dann Linda und Susie an. „Ich glaube, es ist soweit..." Er beisst sich auf die Unterlippe und setzt seine Stirn in Falten. „Sie haben ihre Blutgruppen definiert und sollen dann auch die von den Eltern auswerten...!"

Kapitel 26

Mit kurzen Schritten tritt Hailey in ihre grosse Küche, in welcher es wie immer himmlisch duftet. Angus schliesst den Kühlschrank, dreht den Deckel von der Bierflasche ab und wirft ihn ins Spülbecken. Sogleich schnaubt Hailey laut auf und will etwas kommentieren, als er den Deckel wieder herausnimmt und ihn in den Abfalleimer wirft, der neben ihm steht. Die kleine Schottin atmet tief durch, schüttelt leicht den Kopf und geht zum Backofen. Sie öffnet diesen und wirft einen prüfenden Blick hinein. „Sehr schön, bald fertig. Stacy macht sich noch etwas frisch. Ich habe ihr Kleider gegeben, damit sie nicht nach Stall riechen muss am Tisch." Sie dreht sich auf ihren Absätzen um und zeigt mit einem Kochlöffel auf den grossen Mann in ihrer Küche. „Und dir mein Lieber, rate ich das auch zu tun! Ich will kein Pferdemist riechen, wenn ich diesen himmlischen Braten auftische! Und du ziehst dir was Anständiges an!"

„Verstanden, M'lady! Und auch noch frische Unterwäsche! Langsam gehen mir diese Dinger aus, wenn ich sie ständig wechseln muss!" Angus grinst schelmisch, nimmt einen weiteren Schluck aus der Flasche und setzt sich auf einen der Stühle. „Was sagt Ken?" Er blickt aus dem Fenster in den Garten und lässt seine Zunge über die Unterlippe gleiten.

„Oh Angus!!!" Sie geht auf ihn zu und bleibt direkt vor ihm stehen, sodass er gezwungen ist, sie anzusehen. Seine Grösse und ihre kleine Gestalt erlauben es, dass sie sich so auf Augenhöhe begegnen. „Nun, es gibt etwas, das ich dir noch nicht erzählt habe von Kenneth... Nun ja... sie werden nicht zu dritt kommen..."

Angus' Gesicht scheint sich aufzuhellen, doch er erwidert gelassen: „Gut so! Viel besser so! Dieses Scheusal hätte ich eh auf der Stelle im Pferdemist lebendig begraben!"

„Wie kannst du es wagen, sowas Schreckliches überhaupt nur zu denken!" Hailey bekreuzigt sich und stützt beide Fäuste in die Taille. „Er gehört zu deiner, unserer Familie! Wie lange noch willst du die Wahrheit verdrehen und dich grämen? Es muss endlich Schluss damit sein! Und ob es dir passt oder nicht, er ist hier bei mir stets willkommen! Genauso, wie alle anderen auch!"

Sie geht stampfend zum Backofen, dreht die Hitze zu und macht sich bei den Töpfen zu schaffen. Sie nimmt wahr, dass Angus sich erhoben hat und nun dicht hinter ihr steht. Sie muss sich viel Mühe geben, ihn zu ignorieren, da sie nicht die richtigen Worte findet, ihm mitzuteilen, wie viele Gästezimmer sie wirklich bereit machen wird.

Kapitel 27

Linda geht aufgeregt im Raum auf und ab. Immer wieder bleibt sie stehen, blickt in die Dunkelheit hinter der Glasscheibe und betrachtet ihr eigenes Spiegelbild darin. „Sie wird es noch nicht verstehen können! Sie ist doch noch viel zu jung dafür. Roberto, wir müssen dringend mit dem Lehrer sprechen! Er wird schon einen Weg finden." Sie dreht sich um und blickt ihren Mann an, der noch immer am Klavier sitzt. Dieser lässt in Gedanken seinen Zeigefinger tonlos über die Tasten gleiten und tippt den höchsten, letzten Ton demonstrativ an. „Nein! Wir wussten, dass dieser Tag kommen wird und jetzt ist er da! Mirjam ist ein sehr intelligentes und vernünftiges Mädchen, sie wird es verkraften. Alles braucht seine Zeit und die schenken wir ihr. Wir haben sie genauso benötigt."

„Ich stimme Roberto zu. Ihr, wir, sollten es ihr sagen. Sie einweihen, sie miteinbeziehen." Frank erhebt sich vom Sofa und geht auf Linda zu. „Ich verstehe deine Sorgen, Linda. Aber denk daran, was wir, du, durchmachen mussten und jeden Tag noch immer daran erinnert werden, was Roberto zugestossen ist und welche Geschichten wir allen preisgegeben haben. Ist es nicht an der Zeit, weitere Schritte zu machen? Wir haben die Hoffnung nie aufgegeben und jetzt bekommen wir erneut die Chance dazu!"

„Ich werde Mirjam morgen in die Praxis nehmen und ihr alles zeigen..." Roberto will sich vom Klavier wegbewegen als er von Rosalía zurückgehalten wird. „Ich kann euch gerne begleiten, wenn du erlaubst." Sie blickt von ihm zu Linda, welche wieder aus dem Fenster sieht.

„Ich kann nicht mitkommen, Habibi! Ich kann das nicht... Es tut mir so leid... Aber ich kann das einfach nicht!" Traurig und nachdenklich schüttelt Linda unmerklich den Kopf.

„Schon gut, du brauchst dich nicht zu entschuldigen, ich trage nicht nur die Verantwortung hierfür, sondern muss auch die Konsequenzen annehmen. Du hast schon zu viele Opfer gebracht. Mirjam wird Trost bei dir suchen." Roberto fährt mit seinem Rollstuhl neben sie und nimmt ihre schweisskalte Hand in die seine.

Kapitel 28

„Ohh, mein Liebes, Sie sehen sehr hübsch aus in diesem Kleid! Ich wusste, Sie haben dieselbe Grösse!" Hailey geht mit ausgestreckten Armen auf die Frau im romantischen Blumenkleid in der offenen Tür zu. „Vielen Dank, Miss Burns, es ist wirklich ein sehr hübsches Kleid." Sie streift mit beiden Händen über den gerafften Stoff an ihrem Körper. „Ich habe noch nie ein solches Kleid getragen." Verlegen blickt sie zu Angus, welcher sich kniend am Feuer im Kamin zu schaffen macht.

„Kein Wunder, das war vor Ihrer Geburt, als die Frauen hier solche Kleider getragen haben." Er legt ein neues Holzstück in die Flammen und schliesst das Feuer hinter dem Kaminglas ein.

„Angus, bitte! Wo bleibt deine Kinderstube! So macht man keine Komplimente! Sie sieht so hübsch aus!"

„Entschuldigen Sie, M'am, Sie sehen hinreissend aus! Darf ich Ihnen etwas zu trinken anbieten?" Er geht grinsend zum Fenster. Davor steht ein Beistelltisch mit diversen Flaschen, Gläsern und

Karaffen. Als würde er ihr den Himmel präsentieren, hält er seinen ausgestreckten Arm davor.

„Vielen Dank, für dieses reizende Kompliment, Sir!" Gekonnt spielt Stacy diese Scharade mit und macht einen Knicks, während sie ihr Kleid mit den Fingerspitzen leicht anhebt. Hailey ist ganz entzückt, schlägt sich die Hände vor den Mund und gibt einen hingerissenen Laut von sich. Bevor sie die Tränen in den Augen hat, dreht sie sich rasch um und geht in die Küche.

„Oh, ich hoffe, das war eben nicht zuviel?", irritiert sieht Stacy ihr nach.

„Au contraire! Das war eben die Kirsche auf der Sahne!" Angus öffnet eine schwarze Flasche mit goldenem Inhalt und giesst davon in zwei Kristallgläser. Er nimmt beide zur Hand und geht auf seinen blumigen Gast zu. „Hier, das wird auf der Orkney Insel gebraut. Highland Park Destillerie. Verrückte Wikinger dort drüben, aber einen verdammt guten Whisky machen sie." Er reicht ihr ein Glas und zwinkert ihr zu.

„Sie flirten mit mir?" Stacy nimmt schmunzelnd das Glas entgegen und geht auf den gemütlichen Sessel neben dem Feuer zu. Sie will sich gerade hineinsetzen, da wird sie auch sogleich von ihrem Gastgeber verbal zurückgehalten: „In diesen Stuhl dürfen sich keine Blumenkleider setzen. Der ist für lederne Männerhintern bestimmt." Er stellt sich demonstrativ neben sie. Entgegengesetzt seiner Erwartung lässt sie sich genüsslich nieder, streicht dem Stuhl über die Lehne und riecht an ihrem Whisky. „Na dann, auf neue Gepflogenheiten!" Sie nimmt einen grossen Schluck, der das Glas leert, und gibt einen tiefen Ton von sich: „Gelobt seien sie, diese Wikinger!" Mit offenem Mund und perplexem Blick, starrt Angus die Frau in seinem Sessel an. Er zwinkert seine Verblüffung rasch weg und nimmt ihr Glas. „Schau her! Da haben wir einen Schluckspecht im Haus! Ich gehe davon aus, Madame hätte gerne Nachschub?!" Ohne eine Antwort abzuwarten geht er zu den Whiskyflaschen und giesst erneut ein.

„A propos Vögel! Sie hatten recht, die Dorfspatzen zwitschern so einiges den ganzen Tag. Warum erzählen Sie mir nicht Ihre Version der

MacKay Familienfede? Wer zum Beispiel ist Kenneth?"

Kapitel 29

Der grosse, helle Holztisch und die dazu passenden Stühle mit den bunten Kissen darauf im Frühstücksraum laden mit verführerischem Duft in der Luft ein. Frank sitzt als erster am Kopf des Tisches, eine Zeitung in der einen, die dampfende Teetasse in der anderen Hand. Kenneth geht zuerst zu Bonnie, drückt sie seitlich und küsst sie auf den Kopf. „Guten Morgen, Bonnie. Hast du die ganze Nacht durchgearbeitet? Das duftet ja herrlich! Was würden wir bloss ohne dich machen?" Er geht durch die offene Küche zum grossen, stilvoll gedeckten Tisch und setzt sich ans gegenüber liegende Ende.

„Ich weiss, was ich ohne Bonnie zumindest gerade JETZT machen würde." Conley Senior stellt seine Teetasse nasenrümpfend auf den Tisch und faltet die Zeitung absichtlich raschelnd zusammen.

„Einen starken, selbstgebrauten, guten italienischen Espresso trinken würde ich! Jawohl, hast du gehört,

Bonnie, das würde ich tun!" Er hebt die Tasse wieder hoch, riecht an der dunklen Flüssigkeit und gibt einen angeekelten Ton von sich. Er blickt sich auf dem gedeckten Tisch um und scheint einen Ausweg gefunden zu haben. „Guten Morgen auch dir, mein Junge! Was denkst du? Haben deine Jungs grossen Durst?" Er zwinkert Ken zu und greift nach einem Kinderbecher, gefüllt mit heisser Schokolade, beim Gedeck neben sich.

Ein verschlafenes Gesicht nach dem anderen gesellt sich zu den beiden Conleys. Rosalía, gefolgt von ihren zwei kleinen Pyjamaträgern schliesst die Runde ab.

„Mirjam, ich habe von Skipper gehört, dass ihr in der Schule euer Blut analysiert. Was hältst du davon, wenn wir mit Rosa in die Praxis fahren und das gemeinsam machen? Ich möchte dir gerne noch etwas mehr zeigen und erklären." Roberto nimmt genüsslich und gespielt gelassen einen Bissen von seinem noch warmen Croissant und sieht seine Tochter fragend an. Diese rührt noch etwas verträumt in ihren Cornflakes und murmelt: „Hmm... ich weiss nicht, Dad. Wollten wir nicht alle gemeinsam etwas unternehmen?" Sie hebt ihre Schultern und blickt erst zu den Zwillingen, dann zu ihrem Vater. Bevor dieser jedoch etwas erwidern kann, mischt sich Rosalía, mit leicht übertriebenem Temperament ein: „Por favor mí Querida! Mama braucht mal etwas Abwechslung und Pause von diesen Chilischoten hier! Por favor!" Sie faltet ihre Hände wie zum Gebet und blinzelt Mirjam bittend an.

Diese kichert vor sich hin und meint: „Ok, wenn es dir gut tut! Ich werde die Blutuntersuchung aber in der Schule dennoch machen. Weisst du, Dad, bis jetzt hatte noch niemand solch ein exotisches Gemisch! Und das wird klasse, so dunkel wie ich bin, mit euch als Eltern! Das glaubt mir jetzt immer noch keiner!"

Kapitel 30

Mit strahlendem Gesichtsausdruck schiebt Hailey einen Servierwagen ins Esszimmer. Durch den offenen Bogendurchgang blickt sie aufgeregt in das Wohnzimmer und runzelt irritiert die Stirn. „Was ist denn hier los?! Geht es Ihnen nicht gut, Stacy?!

Angus?! Was hast du getan?!" Sie geht mit kurzen Schritten rasch auf die nachdenkliche Besucherin zu und blickt sie fragend an: „Mein Liebes, Sie sehen aus, als hätten Sie einen Geist gesehen?!"

„Hat sie ja auch!" Angus erhebt sich aus einem Ledersessel mit einem leeren Glas in der Hand. Er geht an den beiden Frauen vorbei, wobei er dem erbleichten Gast das ebenfalls leere Glas aus der Hand nimmt. „Geht heute aufs Haus." Und als er bei der Whiskybar steht, fügt er hinzu: „Willkommen auf MacKay, dem Schreckenssitz aller Highland Clans." Er giesst in beide Gläser die goldene Flüssigkeit und korkt die Flasche wieder zu.

„Mein Liebes, was hat er Ihnen erzählt?! Sie dürfen ihm nicht alles glauben! Er übertreibt immer masslos und seine Fantasie geht dann mit ihm durch, bis es kein Ende mehr nimmt! Kommen Sie, das Essen steht bereit. Das wird Ihnen gut tun!" Hailey tätschelt Stacy auf die Schultern und wirft Angus einen vernichtenden Blick zu. Dieser hebt unschuldig die Schultern und verteidigt sich: „Sie hat gefragt und ich war höflich, wie du stets erwartest, und habe ihr Antwort gegeben. Nicht meine Schuld, dass wir kein

Bilderbuch Clan sind!" Er geht an der kleinen Schottin vorbei und stellt sich vor die noch immer sitzende junge Frau hin. Er will ihr das Glas reichen und schwenkt es leicht vor ihrem Gesicht hin und her. „Hier, für Sie! Sie haben wirklich etwas Farbe im Gesicht verloren. Und ich war noch nicht einmal am Ende." Er grinst kaum merklich, als die langfingrigen, kalten Hände nach dem Glas greifen.

„Du bist unmöglich, Angus, nein wirklich! Keine fünf Minuten kann ich dich mit einem Gast alleine lassen! Es tut mir aufrichtig leid, mein Liebes! Bitte, entschuldigen Sie sein Verhalten! Er ist eben alleine hier mit mir und..." Sie kann ihr entschuldigendes Plädoyer nicht zu Ende sprechen, da wird sie von Stacy unterbrochen: „Ist schon gut, Miss Burns. Angus hat nichts Falsches getan oder gesagt. Es war... besser gesagt; es ist mehr..."

Ein lautes Klopfen an der grossen Holztür unterbricht ihre Konversation. Das Klopfen wird immer kraftvoller und lauter, gefolgt von einer tiefen Männerstimme: „Verdammter Hurensohn, beweg sofort deinen reichen Arsch heraus!!! Ich weiss, was du vorhast!!! Komm raus, ich weiss, dass du da bist!!!"

Kapitel 31

Als wären sie auf geheimer Mission unterwegs, steigen die drei Abenteurer aus der schwarzen Limousine und gehen zur gläsernen Eingangstür. Rosalía blickt am modernen Gebäude hoch und schüttelt kaum merklich den Kopf. „Caramba! Es ist schon erstaunlich, wie enorm die Unterschiede sind. Keine drei Stunden Flug und du bist in einer total anderen Welt. Und ich werde nie hierher gehören!" Mirjam hält die grosse Tür für ihren Vater auf und fragt: „Wie meinst du das, Tia Rosa?"

Die gefragte Tante geht zum Teenagermädchen hin, legt ihren Arm um sie und drückt sie an sich. „Das erkläre ich dir ein anderes Mal, querida! Jetzt haben wir eine spannende Reise vor uns. Rapide, du kennst die Ungeduld deines Vaters! Huuh... santo domingo! Wie der mich als Patient verrückt gemacht hat! Und jetzt sieh ihn dir an, den Señor Doctore! Eine eigene Praxis als

Allgemeinmediziner! Hast du seine Papiere eigentlich mal überprüft? Hat er das Studium wirklich absolviert oder einfach die Papiere gefälscht?" Die heitere Latina zwinkert ihrer noch unwissenden Landsmännin belustigt zu.

„Hör nicht auf sie, Süsse! Ich war nämlich ihr Lieblingspatient aller Zeiten!" Mit Absicht spricht Roberto seine Tochter in seiner Muttersprache an und sie strahlt übers ganze Gesicht.

„Was hat er gesagt? Qué sé dice? Hey amigo! Das verstösst gegen die Familienregeln! Keine Geheimsprachen, wenn es nicht alle Anwesenden verstehen können! Und ich bin anwesend und kann eure 'chchch' Schweizersprache nicht verstehen! Was hat er gesagt, querida?"

„Aber du darfst deine mexikanischen Schimpfwörter und Ausdrücke verwenden, wo und wann du willst?" Roberto lacht laut auf und bleibt in der offenen Lifttür stehen, damit die beiden Frauen an ihm vorbei hineinhuschen können.

„Na Spanisch ist auch keine Geheimsprache! Aber eure Alpensprache ergibt keinen Sinn!" Rosa rümpft ihre Nase und lässt ihre Zungenspitze sichtbar werden. Mirjam und Roberto lachen und freuen sich, ihre herzhafte Freundin wieder bei sich zu haben. Die vergangenen Wochen ohne die Kinder und Rosalía waren nicht dasselbe. Mirjam kuschelt sich an die ehemalige Physiotherapeutin.

„Er hat gesagt, er sei dein Lieblingspatient gewesen." Sie blickt ihr ins Gesicht und bemerkt das Lächeln auf Rosas Mund. „Und da hat er nicht gelogen. Das war er in der Tat! Nicht vorstellbar wo ich heute wäre, wenn ich deinen Vater nicht kennen gelernt hätte."

Roberto schenkt ihr ebenso ein Lächeln und blickt dann Mirjam an. „Das gilt für uns alle, Rosa..."

Kapitel 32

Mit ratlosen und abwartenden Blicken sitzen die beiden Frauen am reichlich gedeckten Tisch im rustikalen Esszimmer. Hailey hat ihre Ellenbogen auf den Tisch gestützt und hält die Hände zum Gebet gefaltet. Stacy beobachtet die Dame des Hauses und weiss nicht, ob sie sie ansprechen oder noch etwas abwarten soll. Diese ihr unerklärliche Situation eben, die Erzählungen von Angus sowie die Tatsache, dass sie bei offensichtlich fragwürdigen Fremden im Haus ist, scheinen sie mehr zu beunruhigen, als sie für möglich gehalten hätte. Als hätte die ältere Dame ihre Gedanken hören können, spricht sie sie mit sanfter Stimme an: „Sie brauchen sich keine Sorgen zu machen, Liebes. Angus ist sicherlich bald wieder hier und dann geniessen wir das Essen. Ich sollte es wärmen. Kaltes Essen schmeckt doch nicht! Wie dumm von mir, dass ich nicht früher darauf gekommen bin!" Sie will gerade aufstehen, als Stacy ihre Hand auf ihre legt. „Miss Burns... Was geht hier vor? Wer war das eben?!" Sie blickt die nun sehr traurig dreinblickende Frau am Tisch fragend an.

„Liebes, das ist eine so schreckliche und grausame Geschichte... Und das Essen ist doch kalt und Angus ist noch draussen und..." Verwirrt blickt Hailey von Stacy zum Essen auf dem Tisch und zum Fenster hinaus in die Dunkelheit. „Sie müssen mir glauben, er ist ein so guter Junge! Er hat nur eine schrecklich harte Schale, aber tief in seinem Herzen ist er ein liebevoller, gütiger und sanfter Junge... Mann... mein Angus... Er hatte es nicht leicht, verstehen Sie, mein Liebes? Er hatte es wirklich nicht leicht..." Leise kullern ihr Tränen über das bleiche, runzlige Gesicht. Sie nimmt ein Taschentuch aus ihrem Pullover Ärmel und putzt sich damit die Nase. Sorgfältig faltet sie es wieder zusammen und steckt es zurück. Sie tätschelt Stacys Hand und blickt sie traurig an.

Sie will gerade ihren Mund wieder öffnen um weiter erzählen zu können, als sie die schwere Eingangstür hören. Beide Frauen blicken auf und warten auf das Eintreten des Hausherren. Sie hören seine schweren Stiefel durch den Eingangsbereich stampfen und erblicken ihn kurz darauf im Durchgang stehen.

„Sie sind ja noch hier? Soll ich Sie ins Dorf zurückfahren? Ich gehe davon aus, dass Sie nun genug gehört und gesehen haben?" Er steckt seine Hände in die Hosentaschen seiner Cordhose und lehnt sich an den Holzpfosten. Sein Blick verrät keine Emotion, was Stacy nicht nur erstaunt, sondern auch anspornt. Sie strafft ihren Rücken und lächelt geheimnisvoll. „Im Gegenteil! Jetzt, wo alles geklärt zu sein scheint, sollten wir dieses lecker zubereitete Mahl von Miss Burns nicht mehr länger warten lassen! Nicht wahr?"

Kapitel 33

Roberto rückt seinen Rollstuhl näher an den Tisch vor ihnen und nimmt das Tablar mit allen Utensilien von seinem Schoss. Sorgfältig legt er es auf die sterile Tischplatte und zeigt auf die gegenüberliegende Seite im Raum. „Süsse, bitte bring doch das Mikroskop herüber, so muss ich nicht rumfahren mit dem Blut."

„Brauchst du auch nicht, Roberto. Steh auf und benutze deine Beine!" Rosalía stellt sich demonstrativ neben ihn und stützt sich beide Hände in die Hüften. „Komm, ich helfe dir aufstehen. Keine bessere Gelegenheit, als diese. Wer kann schon von sich behaupten, die persönliche und kostenlose Physiotherapeutin um sich zu haben?" Sie zwinkert der erstaunten Mirjam zu und wartet die Antwort von deren Vater ab.

„Nicht jetzt, Rosa, wir sollten uns besser auf das hier konzentrieren!" Er zeichnet mit seinem Finger flache Kreise über die Utensilien vor sich.

Als Mirjam bemerkt, dass keine Gehversuche getätigt werden, geht sie wie eben geheissen und bringt das Lupengerät. Sie stellt es gekonnt ein und setzt sich auf den Hochstuhl am Tisch.

„Wenn ihr Amerikaner nur sitzen könnt! Caramba! Da kriegen wir zwei prächtige Beine, einen starken Rücken und einen unglaublichen Pomuskel. Aber nein, anstelle alles bei Gesundheit zu halten, vernachlässigt ihr diese wunderbaren Geschenke und macht den Hintern platt!" Theatralisch wirft die kleine sportliche Physiotherapeutin ihre Hände über den Kopf und bleibt demonstrativ zwischen den beiden stehen.

„Du hast recht, Tia Rosa, und schliesslich bin ich noch jung!" Mirjam steht auf, stellt den Hocker zur Seite und stellt sich neben Rosalía. Beide blicken den grossen Mann im Rollstuhl an, welcher belustigt seine Schultern hebt und erwidert: „Selber schuld, denn das hier wird lange dauern! Können denn

Physiotherapeutinnen auch Blut nehmen oder die Patienten nur im Raum herumhetzen?" Er schenkt Rosa ein fragendes Lächeln und hält ihr eine verpackte Stechnadel hin. Sie entnimmt diese mit erhobener Augenbraue und öffnet den Plastik. „Ich könnte, wenn ich wollte, aber das tu ich nicht. Und da ich schliesslich Gast in dieser Familienpraxis bin, darf ich zuerst. Mal sehen, wo sich meine mexikanischen Vorfahren noch so rumgetrieben haben... um es mal wörtlich zu nehmen!" Sie kichert vor sich hin, tupft sich die Fingerspitze ab und verpasst sich selber einen kurzen Picks. Vorsichtig gibt sie einige Tropfen auf das Glasplättchen und deckt diese sogleich mit einem zweiten zu. Während sie es Mirjam aushändigt, schenkt sie Roberto einen fragenden Blick. Dieser nimmt dies als Zeichen, dass seine Begleiterin es jetzt für einen passenden Zeitpunkt hält, mit der Wahrheit rauszurucken.

Kapitel 34

Immer wieder beobachtet Stacy ihren Gastgeber unbemerkt und überlegt sich, wie sie herausfinden kann, wer dieser tobende Mann an der Tür war. Sie nimmt eine weitere Gabel mit Gemüse vom Teller und schenkt der traurigen und nachdenklichen Frau ebenfalls am Tisch einen bewundernswerten Blick. „Wie schaffen Sie das nur, Miss Burns? Egal was ich esse, jeder Bissen schmeckt einfach nur himmlisch! Weder lüge ich, noch würde ich übertreiben, wenn ich behaupte, dass ich in meinem ganzen Leben noch nie ein solch leckeres Essen zu mir genommen habe! Und das Schlimme daran ist, dass ich schon lange satt bin. Ich kann mich kaum noch auf dem Stuhl bewegen." Sie lacht und steckt sich die geladene Esshilfe in den Mund. Die gelobte Köchin schenkt ihr ein dankendes Lächeln und tätschelt ihre Hand. „Schön, dass es Ihnen schmeckt mein Liebes! Sie sind stets herzlich willkommen an unserem Tisch, nicht wahr Angus?" Sie blickt den kauenden Schotten an, welcher lediglich ein nachdenkliches Murmeln von sich gibt.

„Oh vielen Dank, dieses Angebot nehme ich natürlich sehr gerne an! Auch wenn ich dann bestimmt nach kürzester Zeit eine Konfektionsgrösse hinzufügen muss!" Sie klatscht sich auf den Bauch und versucht eine aufmunternde Stimmung an den Tisch zu zaubern. Sie erhält von Angus einen prüfenden Blick, den er dann sogleich wieder seinem Teller widmet mit den Worten: „Etwas mehr auf den Rippen könnten Sie schon noch ertragen!" Schmunzelnd steckt er sich ein Stück Fleisch in den Mund und ist gespannt, was nun passiert.

„Angus!? Was fällt dir ein, so mit unserem Gast zu sprechen! Sowas sagt man nicht zu einer Dame!" Hailey wirft ihm einen wütenden Blick zu und will sich sogleich bei Stacy entschuldigen, als diese belustigt abwinkt: „Schon gut, schon gut! Ich nehme das als Kompliment. Es freut mich zu hören, dass Rundungen bei Frauen heutzutage auch noch gefragt sind. Und wenn ich ihm bei den Pferden helfen soll, dann brauche ich wirklich mehr Energie. Das sind ja nicht nur schöne, sondern auch sehr starke Tiere, nicht wahr, Mister MacKay?" Sie hebt provokativ eine Augenbraue und ist gespannt auf seine Reaktion bezüglich dieser Herausforderung. Angus blickt sie emotionslos an, dann Hailey und greift sich die Schüssel mit dem noch immer warmen Kartoffelstock. Er stellt sie geräuschvoll vor Stacy und reicht ihr den

Schöpflöffel. „Das ist absolut korrekt! Und scheissen können diese Viecher! Das ist ganz schön schwer wegzuräumen, kann ich Ihnen sagen! Jederzeit herzlich willkommen, mitanzupacken, M'lady!" Er senkt sein Haupt als würde er zum Ritter geschlagen.

„Hm, erstaunlich... wirklich erstaunlich..." Stacy nimmt gelassen den ihr hingehaltenen Löffel, schöpft sich einen weiteren Haufen vom Kartoffelstock und sagt beiläufig: „Wie recht Heather doch hatte..."

Kapitel 35

Mit grossen Augen und offenem Mund blickt Mirjam erst von ihrem Vater zu Rosalía und setzt sich dann langsam auf den Hocker neben sich. Sie legt noch immer schweigend beide Hände auf den Tisch und runzelt die Stirn. Dann schüttelt sie kaum merklich den Kopf und blickt Roberto erneut an. Ihre Augen füllen sich mit Tränen und sie bemerkt, wie Rosalía dicht neben sie tritt. Das verwirrte und traurige Mädchen blickt an der zweiten Mexikanerin hoch und sagt nun schluchzend: „Ihr alle habt davon gewusst... Alle habt ihr mich belogen die ganze Zeit... Ich verstehe nicht... Warum... ich... aber wer?!..." Ihre erste Traurigkeit beginnt sich in Wut zu verwandeln und ihr Blick wird stechend und fordernd. Ihre Lippen zittern und sie erhebt sich vom Hocker.

„Wer sind meine richtigen Eltern?! Warum haben sie mich weggeben?! Warum euch?! Wo sind sie? Noch in Mexiko?! Das wisst ihr bestimmt auch alle, nicht wahr?!" Sie wirft den beiden Hiobsbotschaftern einen vernichtenden Blick zu und greift sich das Mikroskop. „Und diese Alibiübung hier?! Was sollte das?! Ha? Mir beweisen, dass ich nicht von deinem Fleisch und Blut bin? Den Weg hierher hätten wir uns ersparen können! Oder war Mama zu feige, es mir ins Gesicht zu sagen?! Und Skipper! Und Susie! Alle zu feige!" Sie will mit vollem Schwung das Lupengerät durch den Raum schmeissen, als ihr Roberto zuvorkommt. Als hätte er diese Handlung geahnt, springt er mit einem Satz aus dem Rollstuhl, ergreift mit einer Hand das Gerät und mit der anderen seine Tochter am Hinterkopf. Rasch nimmt ihm Rosa das Mikroskop aus der Hand und lässt ihm freie Hand, um Mirjam in seine Arme zu schliessen. Das nun weinende Mädchen bricht in seiner Umarmung zusammen und schreit laut auf.

„Scht... ist ja gut... ich weiss, es tut weh... und es tut mir unendlich leid, meine Süsse... aber es gibt nie einen passenden Augenblick für eine solche Enthüllung... scht...!" Der grosse Arzt steht wackelig auf beiden Beinen und wiegt seine schluchzende Tochter in den Armen. Er legt sein Kinn auf ihren Kopf und kämpft mit den Tränen. Rosalía blickt die beiden verständnisvoll und mitfühlend an. Sie macht einen Schritt auf sie zu und legt Mirjam eine tröstende Hand auf den Rücken. „Mi querida, diese ganze Geschichte steckt uns allen so tief in den Knochen, dass niemand von uns noch weiteres Leid ertragen konnte. Und du...ja nur DU warst der einzige helle Stern an diesem dunklen Himmelszelt! Nur wegen DIR, sind wir alle zusammen eine grosse, liebende Familie geworden! Ohne dich gäbe es all das hier nicht!" Sie macht mit ihrem Kopf eine Rundbewegung in den Raum, auch wenn dies Mirjam nicht sehen kann. „Ich wäre nicht Ehefrau, nicht Mama, Skipper nicht stolzer Grossvater und deine Mama und dein Papa... Nicht auszudenken, was mit ihnen beiden wäre heute, hätten sie DICH nicht geschenkt bekommen!"

Kaum hat sie diese Worte ausgesprochen, löst sich das verstummte Mädchen aus der Umarmung und blickt sie mit zornerfüllten Augen an: „Genau, ein wertloses Geschenk! Wie ein vergessenes, ausgetauschtes und ungeliebtes Objekt wurde ich verschenkt! Einfach an fremde Menschen ausgehändigt, wie...wie...!" Sie sieht sich verzweifelt im Raum um, als könnte sie das gesuchte Wort darin finden.

„Wie das grösste, wunderbarste und vollkommenste Geschenk, das man uns je gemacht hat! Und das bist du noch immer, Mirjam!" Roberto blickt das verzweifelte Mädchen liebevoll und zärtlich an. Sie erwidert seinen Blick mit sichtbarer Enttäuschung, verschränkt abwehrend die Arme vor der Brust und fordert weitere Antworten.

„Wie lange wisst ihr es schon?"

Kapitel 36

Die überraschten Gesichter am Tisch scheinen keinen Wank zu tun. Genüsslich schiebt sich Stacy eine gehäufte Gabel in den Mund und schliesst die Augen. Einerseits um erneut zu zeigen, wie sehr sie dieses Essen geniesst, andererseits um die Entscheidung zu vermeiden, in wessen Augen sie zuerst blicken soll. Wer würde das Eis brechen jetzt? Sie vernimmt ein Räuspern und ist froh, dass sie die Augen wieder öffnen kann, ohne den Moment peinlich künstlich in die Länge ziehen zu müssen. Sie blickt Hailey lächelnd an. „Einfach nur köstlich!"

„Mein Liebes..., was haben Sie da eben gesagt?" Die kleine zierliche Schottin sieht sie mit noch immer grossen Augen an. „Meinten Sie UNSERE Heather?" Sie bekreuzigt sich hastig und legt erneut eine Hand auf Stacys. Diese nickt, tupft sich mit der freien Hand und der Serviette den Mund und antwortet: „Möge sie ihn Frieden ruhen, meine geliebte Heather." Sie legt ihre freie Hand auf die gebrechliche Hand von Hailey und blickt sie ernsthaft an. „Ich bin nicht per Zufall soweit in den Norden gekommen um meine Fachkenntnisse anzuwenden,

Miss Burns." Stacy blickt in das stirnrunzelnde Gesicht von Angus und fügt hinzu: „Ich wollte Sie kennen lernen, Angus. Heather hat ununterbrochen von Ihnen erzählt... und diese Geschichten waren die schönsten, die ich in meiner gesamten Kindheit hören durfte..."

„Heilige Mutter Gottes, Eva Maria! Mein Kind, was erzählen Sie denn da?! Woher kennen... kannten Sie unsere Heather? Wie ist das möglich?! Angus?! Sag doch auch etwas?! Hörst du, was sie sagt!?" Die aufgeregte Schottin kann nicht mehr ruhig auf ihrem Stuhl sitzen und erhebt sich so schnell es ihr Körper erlaubt. In kurzen Schritten geht sie um den Tisch und legt eine Hand auf die angespannte Schulter des verstummten Hausherrn. Dieser legt langsam sein Besteck nieder, faltet wortlos seine Serviette und schiebt seinen Stuhl weg vom Tisch. Er erhebt sich langsam und bedrohlich, lässt seine grossen Hände in den Hosentaschen verschwinden und richtet seinen kalten Blick zur Tür.

„Ich werde jetzt nach den Pferden sehen. Wenn ich zurück bin, finde ich in meinem Haus weder Lügner, noch Parasiten, noch anderes neugieriges

Ungeziefer. Ich denke, Hailey, du hast mich unmissverständlich verstanden!" Er würdigt keiner der anwesenden Frauen eines Blickes und geht mit grossen, schweren Schritten aus dem Raum.

Kapitel 37

Nachdenklich nippt das enttäuschte und traurige Teenagermädchen an dem Glas Wasser, welches ihr von Rosalía hingehalten wurde. Ihre roten, gequollenen Augen blicken zu Boden und ihr immer wiederkehrendes Schluchzen bricht den Anwesenden fast das Herz. „Hätte Mama doch bloss diesen doofen Leberfleck nie entdeckt...Dann wäre jetzt alles noch genauso, wie vor einer Stunde..." Sie stampft mit dem Fuss demonstrativ auf den Boden und nimmt einen weiteren Schluck von dem wohltuenden kühlen Wasser.

„Das denke ich nicht, meine Süsse. Der Leberfleck war kein Guter...Wer weiss, was der mit deinem Körper angestellt hätte." Roberto geht mit vorsichtigen Schritten auf sie zu und will sie erneut in den Arm nehmen, doch seine Tochter weist ihn zurück. „Aber... was ist mit dem anderen Baby?... Mit eurem Baby? Wo ist sie?" Sie blickt hoffnungslos von ihrem Vater zu Rosalía. Diese beiden werfen sich ebenfalls Blicke zu und Rosalía ergreift das Wort, während sie auf das Häufchen Elend zugeht: „Wir haben sie leider bis heute noch nicht gefunden. Als deine Eltern erfahren haben, dass sie nicht deine leiblichen sind, haben sie die Suche sofort wieder aufgenommen...und dies war auch ein Mitgrund, weshalb ich so lange nach Mexiko gereist bin. Nicht nur, um Mima zu holen, sondern auch mehr über deine Herkunft und ihr Verschwinden herauszufinden..." Sie greift nach ihrer Handtasche auf dem Tisch und öffnet diese.

„Was ist das?" Mirjam nimmt das ihr hingehaltene Couvert und öffnet es langsam. Sie entnimmt ein gefaltetes Papier und versucht zu lesen. „Was steht hier? Das ist spanisch, nicht wahr? Rosalía?" Die Angesprochene nickt und legt ihren Arm um die Schulter des Mädchens. „Ja, mí querida, das ist Spanisch. Das habe ich dir mitgebracht von Mexiko." Sie blickt Roberto auffordernd an. Dieser räuspert sich und zeigt mit dem Zeigefinger auf einen

Namen, ganz oben auf dem Papier. Mirjam liest laut vor: „Valeria Maria Fernando Flores..." Traurig blickt sie ihren Vater an und fragt in ihrer erlernten Muttersprache: „Papa, bin ICH das?! Isch das min richtige Name?!"

Kapitel 38

„Ich habe dir klar und deutlich gesagt, ich will nicht, dass sich diese Person noch länger in meinem Haus aufhält! Was gibt es daran nicht zu verstehen?" Aufgebracht geht Angus durch die Küche und öffnet den Kühlschrank um Milch für seinen Morgenkaffee herauszunehmen. Geräuschvoll schliesst er die Kühltür zu und sieht Hailey voller Zorn an. Diese rührt ruhig in einer Schüssel ihre Kelle und sieht zum Fenster hinaus. „Und ich habe dich klar und deutlich gehört, Angus. Auch jetzt kann ich dich sehr gut hören, du brauchst also gar nicht zu schreien." Sie zeigt mit ihrer Kelle zum Fenster hinaus und nickt in dieselbe Richtung: „Sie hat ja auch nicht in deinem HAUS geschlafen, sondern im Gästehaus. Davon war keine Rede!" Sie lässt die Kelle in der Flüssigkeit ruhen, putzt sich beide Hände an ihrer Spitzenschürze ab und dreht sich zum wütenden Schotten um. „Ich werde dir jetzt sagen, wie das nun abläuft mein Junge! Und Hailey toleriert heute keine Widerrede!" Bedrohlich macht sie einige Schritte auf ihn zu und blickt zu ihm hoch. „Ich werde Sam bitten, unseren Gast zum Frühstück abzuholen. Und du wirst uns Gesellschaft leisten und ihr zuhören! Ich will...erwarte...und wünsche mir, dass du dir anhörst, was sie zu erzählen hat! Hast du mich verstanden?!"

Wie ihm geheissen wurde, geht Sam, der Stalljunge, mit schlurfenden Schritten auf das Gästehaus zu, um den Gast zu Tisch zu bitten. Nach mehrmaligen erfolglosem Klopfen versucht er vorsichtig den Türknopf zu drehen. Die Tür lässt sich unverschlossen öffnen und Sam lugt schüchtern durch den Spalt hindurch. „M'am? Hallo?! Sind Sie wach? Miss Stacy? M'am, alles ok?" Er macht einen zaghaften Schritt in den Wohnzimmerbereich und vernimmt keinen Laut. Nachdem er sich mehrmals verbal vergewissert hat, dass sie nicht da ist, prüft er nochmals alle Räume genau. Im Schlafzimmer findet er auf dem ordentlich gemachten Bett einen

Umschlag mit der Aufschrift 'Angus' und steckt diesen in seine Jackentasche.

Zurück im grossen Wohnhaus, dringt ein verführerischer Duft nach gebratenem Speck, Würsten, Hashbrowns und frischen Waffeln in seine Nase. Das Wasser läuft in seinem Mund zusammen und sein Magen gibt fordernde Geräusche von sich. Er zieht sich die Stiefel aus und geht in Richtung Duftfabrik. „Sam? Bist du das? Stacy, mein Liebes?" Hailey kommt aus der Küche und strahlt den Stallburschen an, bis sie bemerkt, dass er alleine ist. Sie runzelt die Stirn und bevor sie etwas fragen kann, streckt Sam ihr das Couvert entgegen.

„Ja aber, was ist das? Wo ist Stacy?" Die einzige Antwort, die sie erhält, ist ein Achselheben. Sie blickt auf das Couvert und geht in die Küche. „Komm mein Junge, du hast bestimmt Hunger! Setz dich." Sie weist ihm einen Platz am reichlich gedeckten Tisch und knallt das Couvert geräuschvoll vor Angus auf den Tisch.

„Ich hoffe, du bist nun zufrieden!"

Kapitel 39

Roberto blickt auf die belebten Strassen von Brooklyn und lauscht dem Klingelton an seinem Ohr. Sein Blick wandert zu dem Rollstuhl in der Ecke und seine Lungen füllen sich mit Luft, die er tief einatmet. Jetzt ist der Zeitpunkt gekommen, den er wahrnehmen muss. Das Wunder darf geschehen und er würde enorm viel Aufmerksamkeit erhalten, die er braucht, um endlich seine Tochter, sein eigen Fleisch und Blut zu finden. „Hey, Habibi, ja wir sind noch in der Praxis. Ja, sie weiss es...wie erwartet...Sehr tapfer, sie ist ein Juwel...nein, noch nicht. Ja, sie hat es ihr gegeben und sie sitzen bereits am Internet...Jasmin, ich lasse den Rollstuhl hier... ja, ich bin mir sicher...der Moment ist gekommen. Kannst du bitte Frank und Ken informieren? ... ok... ich denke, wir gehen noch etwas essen und kommen dann. ...Ja gut, werde ich machen... Ich liebe dich!" Roberto drückt auf das Display und steckt sein Mobiltelefon in die Hosentasche.

„Wer hat Hunger und Lust auf etwas enorm Ungesundes?" Mit aufmunterndem Ton, versucht der Allgemeinmediziner die Aufmerksamkeit der beiden

Frauen vor dem Bildschirm zu gewinnen. Rosalía blickt auf und schenkt ihm einen seltsamen Blick. „Was hat Mike damals gesagt, wohin der Mistkerl wollte? Costa Rica?" Mirjam blickt nun ebenfalls auf und sieht ihren Vater fragend an. Dieser runzelt die Stirn und geht auf den Bildschirm zu. „Ja, das hat er... warum?"

Seine mexikanische Tochter dreht den Bildschirm in seine Richtung, damit er freien Blick darauf hat. Seine Augen werden gross und zeitgleich öffnet sich sein Mund. „Aber...das kann doch nicht sein...wie...wie hast du das gefunden...wo...aber warum hat das FBI...ich verstehe nicht...was ist das für eine Seite, Mirjam?!" Seine unkontrollierten Aussagen widerspiegeln sein erschrockenes (erschrecktes?) Gedankengut. Er geht langsam auf den Bildschirm zu und fasst diesen mit beiden Händen fest. Er blickt auf das Foto vor ihm und seine Augen füllen sich mit Tränen. Seine Lippen beginnen zu zittern und seine Augen werden zu kleinen Schlitzen, bevor er einen lauten Schrei von sich gibt und den Bildschirm mit enormer Wucht vom Tisch reisst und durch den liebevoll eingerichteten Empfangsbereich seiner eigenen Praxis schmeisst.

Kapitel 40

Sprachlos legt der sichtlich berührte grosse Schotte das handbeschriebene Blatt Papier auf den Tisch. Er zieht geräuschvoll Luft durch seine Nase und unterdrückt die aufsteigenden Tränen in seinen Augen. Betroffen geht Hailey auf ihn zu und stellt die dampfenden Hashbrowns vor ihn hin. Sie legt fürsorglich und tröstend die Hand auf seinen Arm und sagt in sanften Ton: „Sie hat es dir geschrieben, wie ich sehe. Auch wenn sie ein tapferes Mädchen ist, solltest du sie zurückholen. Sie wird noch nicht weit gekommen sein."

Der ausgehungerte Stallbursche am anderen Ende des Tisches blickt mit vollgestopftem Mund auf. Sein Blick verrät, dass dies ein ausgesprochen ungünstiger Zeitpunkt für ihn wäre, die Pferde satteln zu müssen. Erwartungsvoll sieht er seinen Chef an und kaut vorsichtig weiter. Der ihm sehr vertraute Gutsherr hebt seine Augenbraue und schenkt ihm ein

Schmunzeln. „Iss in Ruhe weiter, mein Junge, ich kann das ausnahmsweise alleine tun. Sieh zu, dass du etwas Fleisch auf die Rippen bekommst und dass sich dein Magen beruhigt. Lass dir von Hailey was für deinen alten Herrn einpacken. Er wird es nach seinem Besäufnis von gestern Abend gut brauchen können. Elende Schnapsdrossel!" Er faltet den Brief sorgfältig zusammen und steckt ihn in den Umschlag zurück und schenkt Sam einen bestimmenden Blick. Dieser senkt seinen Kopf rasch, als wäre er auf frischer Tat ertappt worden, und beisst hastig in ein Stück Brot. Hailey beobachtet dieses seltsame Verhalten der beiden und versucht Schlüsse daraus zu ziehen. „Du brauchst dich nicht für deinen Vater zu schämen, hast du verstanden Sam? Er macht eine schwierige Zeit durch und das hat nichts mit dir zu tun! Du bist ein guter und fleissiger Junge! Lass dir ja nichts anderes einreden! Angus kümmert sich schon um deinen Vater! Und jetzt iss weiter!" Kaum hat sie diese Worte ausgesprochen, tauschen die beiden Männer erneut kurz Blicke aus und Angus stampft aus der Küche.

Mit den Zügeln fest in der Hand galoppiert der sonst eher ruhige Schotte aufgeregt von seinem Hof in Richtung Zivilisation. Die Mähne seines edlen Tieres tanzt im Wind der Geschwindigkeit und seine Hufe wirbeln laut Kieselsteine auf. Nach einigen Kilometern denkt sich der erstaunte Reiter, wie gut die Tierärztin zu Fuss sein muss oder dass sie sein Gästehaus in der Mitte der Nacht verlassen hat. Kaum hat er seinen Gedanken zu Ende gedacht, scheut Aaron ruckartig auf, als eine Gestalt aus den Sträuchern am Strassenrand kommt. Geschickt beruhigt Angus seinen Hengst wieder und bleibt in mitten des Weges stehen. Er reicht seine Hand zum Aufstieg der Frau, die nun neben Aaron steht und diesen besänftigend über den starken Hals streicht.

„Das Frühstück ist bereit und wenn wir Glück haben noch warm. Hailey mag es nicht, wenn unsere Gäste das Haus hungrig verlassen. Sie sollten diesen langen Weg ins Irrendorf gestärkt antreten."

Kapitel 41

„Wie bitte?! In der Schweiz?! Nein, das kann nicht sein! Du nimmst mich auf den Arm!" Langsam setzt sich Frank Conley, der ehemalige international bekannte Actionfilmstar, auf den erst besten Stuhl. Das Entsetzen in seinem bleichen Gesicht, lässt dieses älter wirken. Er blickt Linda mit grossen Augen an und seine Hand bedeckt seinen Mund, als wolle sie diesem weitere Ausrufe verbieten.

„Ich wünschte, ich würde, Frank. Offenbar hat Mirjam einen Schulkameraden, der gerne damit prahlt, dass sein Vater bei der Polizei arbeitet und er dessen Passwörter und einen Zugang auf deren internes Netz kennt... Anscheinend waren diese Prahlereien nicht nur dummes Geschwätz. Und da er unserer Tochter imponieren wollte, hat er ihr den Hack in einer IT Stunde gezeigt. Sie hat sich heute eingeloggt und nach Simon gesucht...und diesen letzten Eintrag gefunden."

Sie setzt sich ebenfalls auf einen Stuhl am Esstisch und stützt ihre Hände wie zum Gebet darauf ab. Sie schliesst ihre Augen und fährt fort: „Du erinnerst dich, als Susan so plötzlich in der psychiatrischen Klinik aufgetaucht ist und sich an nichts mehr erinnern konnte? Der Psychiater, Jeff Robinson, hat dazumal auf dieselbe Drogeneinwirkung wie bei Roberto getippt. Nur wurde dieser eingeliefert auf der Geschlossenen und Susie konnten sie nicht schnell genug loswerden." Frank nickt nachdenklich und sieht Linda fragend an:

„Natürlich erinnere ich mich daran! Wie könnte ich je vergessen, wie seltsam Susie war. Wie ein gefangenes, wildes Tier! Aber was willst du mir damit sagen?"

Konzentriert beantwortet die ehemalige Professorin seine Frage: „Ich will dir damit sagen, dass wir hinters Licht geführt worden sind! Betrogen und belogen wurden wir! Nicht nur was Mirjam, auch was Simon betrifft!" Sie blickt ihm nun direkt in die Augen und ihr Funkeln darin verheisst nichts Gutes.

„Aber von wem? Du denkst doch nicht etwa, dass Susie...?!" Sein erneutes Entsetzen zeichnet weitere Falten auf seine Stirn, als er Linda einen bösen Blick zuwirft.

"Was ist mit mir?" wie ein gerufener Flaschengeist erscheint Susan Manders im offenen Durchgang und strahlt die beiden ernsthaften Gesichter am Tisch an.

Kapitel 42

Gemütlichen Schrittes geht Aaron auf dem Kiesweg in Richtung nach Hause mit zwei Passagieren auf seinem starken Rücken. Es scheint, als würde auch er die eingekehrte Ruhe seines Besitzers geniessen und dazu die ungewohnte Gesellschaft einer Dame. Immer wieder streicht diese ihm über den Hals und klatscht mit ihrer Hand zum Lob darauf.

„Sie sollten das besser lassen, er wird sonst zu verwöhnt!" Nicht sicher, ob Angus diese Aufforderung eben ernst gemeint oder auf seine trockene Art einen Witz gemacht hat, zieht Stacy ihre Hand zurück und hält sich wieder am Sattelriemen fest. Sie spürt seinen warmen Atem in ihrem Nacken und seinen grossen Körper dicht an ihrem. Sie wundert sich, dass er eine solche Nähe zulässt, obschon er sonst äusserst distanziert und gar scheu wirkt. Sie bemerkt, je länger sie darüber nachdenkt und auf seine Körpernähe achtet, desto nervöser wird sie. Sie spürt, wie ihr die Röte ins Gesicht schleicht und ihr Puls schneller zu werden beginnt. Krampfhaft versucht sie ihre Gedanken abzulenken, räuspert sich, setzt ihre Stirn in Runzeln und blickt über die Weiten der schottischen Highlands.

„Soll ich lieber neben Ihnen hergehen?" Erstaunt über seine Frage blickt sie verlegen über ihre Schulter.

„Aber nein! Wie kommen Sie auf sowas?" Sie rückt ihren Hintern weiter nach vorne und versucht dabei locker zu wirken.

„Eben, deshalb!" Locker schwingt Angus sich von seinem Pferd und überlässt ihr die Zügel. „Ist eh nicht mehr weit." Er steckt sich die Hände in seine Cordhosentaschen und geht mit langen Schritten auf der Höhe des Pferdekopfes. Ertappt und etwas beleidigt beobachtet die noch immer nervöse Tierärztin den geheimnisvollen Fremden von hinten.

„Sehen Sie das alte, verlotterte Haus dort drüben? Neben den bis hierher stinkenden

Schweinestall? Dort wohnt Sam." Angus zeigt mit der ausgestreckten Hand in eine Himmelsrichtung. In der Tat erblickt Stacy ein in die Jahre gekommenes und verwahrlostes Haus.

„Oh...das tut mir leid...", sind die einzigen Worte, die sie dazu äussert und kann ihren Blick nicht davon abwenden.

„Hm...ja mir auch...", stimmt ihr Wegbegleiter ihr zu und lässt seine Hand durch die Mähne von Aaron gleiten. „Der ungeladene Gast an der Tür gestern Abend, das war sein Vater. Ihm gehört dieser Palast dort drüben." Ohne erneut hinzusehen, nickt er mit dem Kopf in die eben gezeigte Richtung.

„Wie furchtbar...der arme Junge...", entgegnet darauf die Reiterin. Einige Sekunden später gewinnt die Neugier den Kampf mit ihrem Anstand und sie fragt: „Was wollte er denn von Ihnen?"

Schmunzelnd wirft ihr Angus nur einen raschen Blick zu und meint: „Na, mit dem verdammten, reichen Hurensohn erneut ein Hühnchen rupfen! Das will er immer, wenn er seinen billigen Schnaps leer gesoffen hat und sich mit dem

Dorfklatsch aufgeilt." Er klatscht seinem Hengst auf den Hals. Stacy kann sich keinen Reim aus seiner Antwort machen und gibt ihm das zu verstehen:

„Ich kann Ihnen nicht folgen. Warum sollten Sie ein verdammter...na, Sie wissen schon was, sein?"

„Weil meine Mutter die Dorfhure war! Ich hab' Ihnen doch gesagt, das war noch lange nicht alles über unsere Familie! Und anscheinend hat Ihnen meine Schwester dieses Detail verschwiegen in ihren Erzählungen."

Kapitel 43

„Diese elende, kleine, dicke, schleimige, verfressene, gelgierige Giftschlange mit Kahlkopf!!!" Susan Manders' rotes Gesicht droht zu platzen und ihr fülliger Busen hebt sich bedrohlich auf und ab, während sie tief Luft holt. „Ich werde seine Klinik in die Luft sprengen lassen und dafür sorgen, dass er darin an ein Bett gefesselt ist! Und dann... und dann werde ich dasselbe mit der ach so vertrauenswürdigen, amerikanischen Polizei tun! Und... und... wenn ich mit DENEN auch fertig bin, dann wische ich den hässlichen Hintern von diesem Simon mit... mit..."

Frank geht auf die tickende Bombe zu und versucht sie zu beruhigen. „Susie, beruhige dich! Das bringt jetzt doch nichts. Wir brauchen einen klaren Kopf um nachzuvollziehen, was genau abgelaufen ist und wer dahinter steckt, bevor wir mörderische Pläne schmieden." Er legt ihr behutsam die Hand auf die Schulter, was sie jedoch nicht zulässt und ihn zum ersten Mal seit ihrer Freundschaft abweist.

„Nein, mein Guter, genug ist genug! Dieser Mistkerl von Klinikleiter hat mir vom ersten Anblick an nicht gepasst! Keine Minute länger hätte ich damals diese Visage ansehen können und jetzt erfahre ich, dass dieser Hund das ganze Elend dieser wunderbaren Familie mitverursacht hat! Und wozu?!" Sie geht während ihres erneuten Wutausbruches auf Linda zu und stellt sich demonstrativ neben sie.

„Ich kann mir nicht vorstellen, was unsere süsse, tapfere Mirjam jetzt durchmachen muss! Das arme Kind! Aber schlau wie ein Fuchs, was?!" Susie setzt sich auf den freien Stuhl neben Linda und beobachtet die elegante Schweizerin. „Linda, wie schaffst du das bloss? Verrate mir deinen Trick, wie du so ruhig bleiben kannst?!"

Auf ihre Fragen erhält sie zuerst einen traurigen und schon fast eisernen Blick, gefolgt von einer emotionslosen Antwort: „Leider ist das kein Geheimrezept, Susan. Ich habe lediglich viele meiner Emotionen verloren... ich wünschte mir, Gefühle zeigen zu können, wie du das so wunderbar tust... doch innerlich bin ich starr, verwundet, vernarbt und in Ketten gelegt." Sie legt ihre kalte Hand auf die warme und fleischige von Susan und fügt hinzu: „Aber ich stimme dir zu: Genug ist genug! Ich glaube zu wissen, dass du noch nie in der wunderschönen Schweiz warst, nicht wahr?"

Kapitel 44

„Oh meine Güte! Miss Burns! Das war mit Abstand das beste Frühstück, welches ich in meinem ganzen Leben je gegessen habe! Ich platze gleich!

Ich glaube sogar, ich kann mich nicht einmal mehr bewegen. Himmel schmeckt das alles wunderbar!" Kaum hat sie ihrer Bewunderung freien Lauf gelassen, schöpft sich Stacy noch einen weiteren Löffel voll Haggis auf ihren Teller.

„Mein Liebes, das freut mich sehr, wenn es Ihnen schmeckt! Und ich bin mir sicher, dass es nicht das letzte Mal war, dass Sie an unserem Frühstückstisch sitzen, nicht wahr Angus? Wäre das nicht wunderbar, Stacy in Zukunft öfters bei uns zu haben?" Sie blinzelt erst ihren kauenden Gast, dann neugierig den Gutsherrn an. Dieser sitzt ebenfalls kauend am anderen Tischende und blickt die weibliche Tierärztin an.

„Ich weiss nicht... Die futtert uns noch zu armen Tagen!" Er zeigt mit seiner gefüllten Gabel auf Stacy, welche sich sichtlich beschämt den Mund mit der Stoffserviette abtupft.

„Entschuldigen Sie Angus... Aber dieser Marsch heute früh hat mich so hungrig gemacht und..."

„Angus! Schämen sollst du dich! Wie sprichst du denn überhaupt mit Miss Stacy!? Pfui! Mein gutes Kind, hören Sie nicht auf diesen Ochsen! Es ist wunderbar, wenn eine Frau Appetit hat und sich nicht scheut, zuzugreifen! All diese dürren, ausgehungerten Mädchen, die man heute im Fernsehen sieht, furchtbar! Nicht wahr, Angus? Das gefällt den Männern doch nicht wirklich, oder? Früher mussten wir Kurven haben, damit wir Chancen hatten. Nur die, die Holz vor der Hütte und weibliche Kurven hatten, hatten auch Chancen!" Während Hailey erst kichert, dann fragend zu Angus blickt, der lediglich mit den Schultern zuckt, wirft Stacy einen Blick an sich hinunter und fragt sich, ob das eben eine Anspielung auf ihre Rundungen war.

„Schon gut. Alles am richtigen Ort. Und eine Tierärztin braucht Kraft um zuzupacken." Angus zieht geräuschvoll Luft durch die Nase und bevor er sich die gehäufte Gabel in den Mund schiebt, fügt er hinzu: „Wie kam es eigentlich dazu, dass Sie ausgerechnet diesen Beruf gewählt haben? Ich mag mich erinnern, dass dies immer Heathers Traum war... Ist das ein Zufall?" Er steckt sich den Bissen

Speck in den Mund und beobachtet die Regung auf dem Gesicht der ertappten Veterinär Medizinerin.

Kapitel 45

Die Stimmung in der Limousine ist ein Gemisch aus stinkender Wut, bitterlicher Enttäuschung und hoffnungsvoller Zuversicht. Mirjam sitzt eng an Rosalía geschmiegt und wischt sich von Zeit zu Zeit die geräuschlos kullernden Tränen von ihrer Wange. Rosa streicht ihr sanft über das dunkle, lockige Haar, welches ihrem gleicht, und wünscht sich, in ein wuterfülltes Selbstgespräch ausbrechen zu können. Roberto blickt aus dem fahrenden Auto und massiert sich zeitgleich die Oberschenkel. Er greift zu seinem Mobiltelefon und liest erneut die eingegangene Nachricht seiner Frau und beisst sich auf die Unterlippe. Er blickt seine leidende Tochter an und wünscht sich, sie von ihrem Schmerz befreien zu können. Wie viel einfacher hat er es als Arzt, seinen Patienten die körperlichen Schmerzen zu nehmen, denn als Vater das gebrochene Herz seiner Tochter zu heilen.

„Papa, etwas verstehe ich einfach nicht...", Mirjam putzt sich die Nase, während sie sich aufrecht hinsetzt und ihren Vater traurig ansieht. Dieser erwidert ihren Blick und fürchtet sich vor jeder kommenden Frage. Eine Emotion, welche Linda noch nie besass und worum er sie stets beneidet hat. ‚Weshalb sich fürchten, wenn man nicht weiss, was passiert. Einfach abwarten, auf sich zukommen lassen und dann fokussiert handeln'... Wie einfach das bei ihr klingt. Er hingegen fürchtet sich vor einigem, hat er schon immer getan und wird er auch in Zukunft tun. Nicht etwa, weil er dieses Gefühl mag, ganz im Gegenteil. Es ist unangenehm und verteilt sich schleichend durch alle Blutbahnen und Sehnen. Nein, weil er gelernt hat, zu fürchten. Seine Mutter hat ihn nicht nur vor allem beschützen wollen, sie hat es auch getan. Wie schwierig es doch ist, ein Elternteil zu sein. Jeder kann es werden, auf verschiedene Arten, aber kann auch jeder gut darin sein?

„Hörst du mir überhaupt zu?! Papa? Ich habe dich was gefragt?!" Mirjams Stimme verrät, dass sie gereizt und ungeduldig ist, was er mit einem zärtlichen Lächeln zu besänftigen versucht. „Tut mir leid, mein Schatz, meine Gedanken haben mir gerade einen Streich gespielt. Nein, ich habe dir nicht zugehört. Bitte wiederhole, was verstehst du nicht?" Er blickt kurz zu Rosalía, welche ihn ansieht, als würde ihn gleich ein Baseball treffen.

„Ich habe gefragt, weshalb dieser Simon euer Kind wollte? Das ergibt doch keinen Sinn, das Kind von jemand anderem zu stehlen! Er hatte doch selber Freundinnen?!" Verzweifelt und nach immer mehr Antworten suchend, blickt Mirjam ihren, sich ausgerechnet vor dieser Frage fürchtenden Vater an.

Kapitel 46

Stacy tupft sich ihre Mundwinkel ab und lehnt sich im Stuhl zurück. „So, jetzt passt definitiv nichts mehr rein! Tausend Dank Miss Burns, für diese wunderbaren Leckereien!" Sie schenkt der weisshaarigen Dame ein Lächeln und blickt Angus an. „Ich weiss, Heather hätte sich sehr darüber gefreut, wenn sie gewusst hätte, dass ich hier mit Ihnen frühstücken darf. Ich vermisse sie jeden Tag, seit sie von uns gehen musste." Sorgfältig faltet sie die Stoffserviette auf ihrem Schoss zusammen und fährt fort: „Sie hat aber nicht nur von Ihnen beiden geschwärmt, sondern auch von einer Frau, namens Bonnie. Wer war sie?" Sie blickt auf und bemerkt, wie Angus Hailey ansieht. Als diese schmunzelt, aber keinen Laut vor sich gibt, ergreift er das Wort: „Nun gut, da Sie ja jetzt meinen halben Vorrat leer gegessen haben und Heather Ihr Kindermädchen war, gehören Sie ja quasi zur Familie und sollten die fehlenden Puzzleteile unserer Familiendramaturgie kennen lernen. Danach dürfen Sie entscheiden, ob Sie bleiben möchten oder nicht."

Zwei überraschte und verwunderte Augenpaare starren ihn an.

„Angus! Mein Junge! Ist das wahr?! Darf sie denn bleiben?! Hier bei uns auf dem Hof?! Ohh Angus! Du machst mich ja so unglaublich stolz! Ich wusste doch, dass tief in dir ein guter und herzhafter und..." Ein leises, dennoch aufdringliches Räuspern unterbricht Haileys freudiger Ausbruch und sie blickt fragend zu Stacy. „Alles gut bei Ihnen, mein Liebes?!

Ist das nicht wunderbar?!" Die Angesprochene lächelt etwas verlegen.

„In der Tat ist das ein sehr grosszügiges Angebot, welches ich jedoch leider ablehnen muss. Und das hat nichts, aber wirklich überhaupt nichts mit Ihrer Familiengeschichte zu tun, welche ich selbstverständlich gerne hören möchte." Sie unterstreicht diesen Satz mit einem erhobenen Finger. „Aber, so gerne ich hier auf diesem traumhaften Hof, mit den wundervollen Tieren und Ihnen beiden und Sam bleiben würde, habe ich eine Verantwortung im Dorf als Tierärztin und...".

An dieser Stelle wird sie vom Gutsherrn unterbrochen: „Niemand hat gesagt, dass Sie sich hier nur durchfressen können! Selbstverständlich will ich Sie tagsüber hier nicht sehen! Von mir aus können Sie die alte Karre in der Garage nutzen, um ins Dorf zur Arbeit zu fahren. Und am Abend wartet ein wunderbares Essen von unserer Hailey auf Sie und wenn uns danach ist, können wir gemeinsam einen Vikingertrunk zu uns nehmen, bevor Sie sich ins Gästehaus zurückziehen." Er klopft mit beiden Fäusten auf den Tisch und schliesst ab: „Es kann nicht schaden, nachts eine Tierärztin hier zu haben. Wie schauts aus? Wollen Sie denn nun die Geschichte hören oder nicht?! Sonst gehe ich in den Stall!"

Kapitel 47

„Mama! Mama!" Quirlig und laut, hüpfen die Zwillinge die Stufen der Conley Villa in den Hamptons herunter und rennen über die Kieselsteine auf Rosalía zu. Sie kann sich kaum stehend halten, als beide Jungs sie anspringen und herzhaft umarmen, was sie von ihr zu fassen bekommen. „Mí guerídas! Holà cucarachas!! Habt ihr Mama schon vermisst?! Qué pasa aquí?!" Liebevoll küsst sie beide auf den Kopf und kneift sie in die Seite. Kreischend lösen sie sich von ihr und bleiben für einen Moment wie erstarrt stehen. „Pero, tío Roberto?! Dondé està tu silla de ruedas??!!"

„Onkel Roberto braucht jetzt seinen Rollstuhl nicht mehr! Eure Mama hat ihn geheilt!" Mit einem Lächeln zwinkert Roberto die beiden Lausbuben an, welche ihren Mund erstaunt offen lassen. Er umarmt seine Tochter seitlich und geht mit ihr in Richtung Treppenaufgang. Durch die offene Tür kommt Linda, in einem eleganten, beigen Zweiteiler und breitet ihre Arme aus. Rasch löst sich Mirjam von Roberto und rennt die Treppen empor, direkt in die offene Umarmung, welche nur für sie bestimmt ist. „Mama!!!" Sie weint in die nach Blüten duftende weisse Bluse ihrer Mutter und saugt diesen vertrauten Duft tief ein. Ihre zierlichen Hände graben sich am Rücken ihrer Vertrauensperson fest und sie spürt deren warmen Atem auf ihrem Haar. „Wir lieben dich, das weisst du! Und daran wird sich nichts, gar nichts ändern! Verstehst du mich?!" Linda drückt ihre Tochter fest an sich und betont durch diese Geste ihre Aussage. Das Schluchzen an ihrer Brust wird leiser und sie hört ein beruhigendes Sniffen. „Mama, ich... Ich will sie finden... Sie ist doch... Sozusagen meine Schwester, nicht? Ich habe mir immer eine Schwester gewünscht..."

„Ich bin startklar!" Susie kommt hektisch durch die Tür und blickt in die Gesichter vor sich. „Hey! Ihr seid ja schon hier! Grossartig, dann nichts wie los! Ich will nicht mit der fliegenden Klapperkiste heim, ich bin eine Lady mit dem grossen Hintern auf dem Boden... Naja, mit einem eleganten Ledersitz dazwischen... Dennoch, ihr versteht, was ich meine!" Sie geht auf Mirjam zu, löst sie aus der Umarmung mit ihrer Mutter und drückt sie an ihren vollen Busen.

„Mein Mädchen!!! Mein grosses, tapferes Mädchen!!! Susie und deine Mama werden diesen Satansbraten nun zur Kasse ziehen und und..." Sie sieht den leicht vorwurfsvollen Blick von Linda und stockt inmitten ihres Satzes. „Himmel Arsch, meine Schnauze war mal wieder zu schnell... Entschuldige... Es tut mir leid... Keine Ahnung, wann ich das mal lerne..."

Mirjam blickt verwirrt von Susie zu ihrer Mutter und dann zu Roberto, welcher zwischenzeitlich zu ihnen gekommen ist und Linda seitlich an der Hüfte hält. „Mama? Papa? Was geht hier vor? Was meint sie damit?"

Kapitel 48

Mit Tränen gefüllten Augen blickt Stacy erst vom Geschichtenerzähler zur Haushälterin. Sie wischt sich das Wasser mit dem Ärmel kindlich aus den Augen und schluckt laut hörbar. „Also waren, in anderen Worten, Heathers Unglück meine besten Kindheitserinnerungen?! Das ist ja furchtbar! Angus! Miss Burns?!" Entsetzt blickt sie nun vom einen ins andere Augenpaar.

„Nun ja, wenn Sie es so sehen wollen, Frau Doktor." Angus hebt seine Schultern und Augenbrauen gleichzeitig an und wird sogleich von Hailey angefaucht: „Wie kannst du so etwas sagen! Angus! Du solltest dich was schämen!" Und an Stacy gerichtet sagt sie in ruhigem und traurigem Tonfall: „Nein, mein Liebes! Ganz und gar nicht! Ihre Familie war genau die Freude, die unsere geliebte Heather gebraucht hat. Sie haben sie ja so glücklich gemacht! Und das werde ich Ihnen bald beweisen können, sobald..." Sie steht auf und geht auf Angus zu. Sie tritt hinter ihn und legt ihre Hand auf seine Schulter, als wolle sie ihn vor dem Ende ihres Satzes beruhigen, „... sobald meine Schwester hier ist."

Erneut muss sich Stacy ihre leise kullernden Tränen abwischen, bevor sie ihre Stimme findet: „Bonnie? Sie kommt her?! Oh wie schön für Sie, Miss Burns! Bestimmt sind Sie ganz aufgeregt?! Wann kommt sie denn?" Kaum hat sie ihren Fragekatalog rausgesprudelt, bemerkt sie das ernsthafte Gesicht neben Haileys Hand. „Oh... sie kommt nicht alleine... hab' ich recht?"

„Nein, mein Liebes, sie kommt nicht alleine. Sie bringt ihren Teil unserer Familie mit. Und aus diesem Grund werden Sie bei uns im Haus wohnen und nicht im Gästehaus." Während sie das ausspricht, tätschelt ihre Hand Angus' Schulter.

Der Gast am Tisch scheint zu begreifen, was der grosszügige Gastgeber vorhatte. Sie schiebt ihren Stuhl vom Tisch weg und erhebt sich. Sorgfältig legt sie ihre Serviette auf den Tisch und blickt die verwunderte Haushälterin an: „Von ganzem Herzen mein wiederholter Dank für dieses grossartige Frühstück, Miss Burns! Ich wünsche Ihnen ein freudiges Wiedersehen mit Bonnie und ihrer Familie und wer weiss, vielleicht darf ich sie ja auch kennen lernen. Sehr gerne würde ich ihnen mitteilen, wieviel mir ihre Nichte, Ehefrau und Mutter bedeutet hat und welchen unglaublichen Einfluss sie auf mein Leben noch immer hat!"

Kapitel 49

Nachdenklich geht Frank vor dem grossen Fenster mit atemberaubendem Blick aufs Meer auf und ab. Er murmelt gedankenversunken unverständliche Worte vor sich hin und bleibt immer wieder stehen.

„Ich weiss nicht, Jungs, ich weiss nicht..." Er richtet sich an die beiden Männer, die mit ihm im Raum sind. Roberto nippt an seinem Wasserglas und blickt ebenfalls aus dem Fenster. Kenneth tritt neben seinen Vater und spricht beide an: „Was gibt es zu verlieren? Zwei Flüge, richtig? Den Jetlag darf man kostenlos behalten." Er schmunzelt seinen Vater an und wendet sich an Roberto: „Ich glaube, dies ist wichtig für Jasmin, nach all diesen Jahren. Natürlich könnte Claudia dem nachgehen in der Schweiz, richtig? Aber ich habe deine Frau seit Ewigkeiten nicht mehr so entschlossen gesehen...Als wäre ihr alter Kampfgeist wieder zum Leben erwacht! Ich kann mich erinnern, als wäre es gestern gewesen, wie sie durch den Flur gerannt ist, als sie die Nachricht von Simon gelesen hat, dass du am Leben bist und dich in der Klinik aufhältst! Weisst du noch. Dad?" Sein Blick schweift zu seinem Vater.

„Nein!" Frank verschränkt ruckartig seine Arme vor der Brust und stellt sich breitbeinig vor das Fenster. „Sie bleibt!" Bestimmt kommen auch diese Worte über seine Lippen. Ken und Roberto sehen sich fragend an und Conley Junior bricht die Verwirrung. „Wie bitte, Dad?"

„Ich sagte, nein! Sie reist nicht in die Schweiz!" Frank Conley bewegt sich keinen Millimeter, sondern bleibt regungslos in seiner Statuen Position stehen.

Nun steht Roberto auf, richtet sich seinen Ledergurt an der Jeans und macht langsame Schritte auf Frank zu. Vorsichtig, als wolle er ein scheues Tier nicht verjagen, spricht er ihn von der Seite an: „Frank, was weisst du?" Der grosse Schweizer stellt sich neben den ehemaligen Actionhelden und blickt ihn ernst an: „Du weisst doch etwas? Raus damit!"

***

„Mama, wann hast du das mit Simon erfahren?" Mirjam sitzt im Schneidersitz auf dem grossen Boxspringbett und schaut ihrer Mutter beim Packen zu.

„Was habe ich erfahren, mein Schatz?" Sorgfältig legt Linda die zusammengefalteten Hosen in den offenen Koffer, der ebenfalls auf dem Bett ist. Konzentriert macht sie sich an den Schmuck auf dem Schminktisch zu schaffen und fragt erneut nach, nachdem sie keine Antwort erhält: „Wann habe ich WAS erfahren, Mirjam?!" Etwas erregt dreht sie sich um und blickt in das traurige, wie auch verwirrte Gesicht des Teenagermädchens. Stumme Tränen kullern ihr über die geröteten Wangen und Linda begreift.

„Hmm... ich verstehe,... Papa hat dir davon auch erzählt..." Fürsorglich setzt sich Linda neben ihre Tochter und umarmt sie herzhaft.

„Ich wollte wissen, weshalb er denn unbedingt euer Baby wollte... Das ist doch krank!... Auch wenn er in Papa verliebt war... Wer tut sowas? ... Denkst du, er wollte Papa umbringen, als er alles herausgefunden hat?!"

Linda löst ihre Umarmung und versucht Mirjam zu trösten: „Nein, meine Maus, da bin ich mir sicher, er wollte Papa nicht umbringen. Das war ein schrecklicher Unfall, den er ebenfalls vertuschen wollte... Er war es ja auch, der Papa in diese Klinik gebracht hat, damit man ihm hilft. Und er wollte ihm nahe sein, deshalb hat er dort ein Praktikum angefangen." Während sie sich selber zuhört, bemerkt sie, wie sie Simon verteidigt, um ihre Tochter zu besänftigen. Diese Tatsache entfacht erneutes Wutfeuer in ihr und sie presst sich fest die Lippen zusammen.

Kapitel 50

„Bye Sam! War schön dich wiederzusehen! Gib auf Miss Burns acht!" Beim Vorbeigehen winkt Stacy dem Stalljungen zu, welchen sie nun mit anderen Augen ansieht. Er winkt ihr zurückhaltend zu und macht sich mit gesenktem Kopf und der Mistgabel in der Hand wieder an den Pferdemist.

Sie wirft noch einen abschliessenden Blick auf das traumhafte Haus der Familie McKay und winkt Hailey Burns zu, welche hinter dem Fenster steht und ihr wehmütig nachschaut. Welche schreckliche Familientragödie sie alle miterleben mussten. Gedanklich geht Stacy die erzählten Geschichten von Angus durch, während sie durch die unberührte schottische Landschaft schlendert.

Angus' Vater musste ein enorm grosszügiger und gutmütiger Mann gewesen sein. Er nahm die drei Schwestern bei sich auf, heiratete die Schwangere, um das ungeborene Kind als Vater annehmen zu können, obschon Heather nicht seine leibliche Tochter war. Als ihre Mutter bei der Geburt verstarb, haben die beiden Tanten sie auf dem Hof aufgezogen. Wie stark Familienliebe sein kann, durfte Stacy leider nie erfahren. Ihr Vater war froh, wenn Haushälterinnen, Kinderfrauen und Ärzte sich um sie gekümmert haben, damit er jede Minute in seine Bank stecken konnte. Geld verwalten, noch mehr

Geld machen, Geld von anderen stehlen, Hauptsache Geld, Geld und nochmals Geld! Was für ein Segen, dass Heather zu ihnen kam und Stacy endlich Liebe, Fürsorge und Geborgenheit verspüren durfte.

Und dann die Dorfhure... Das klingt alles wie aus einem Hollywoodfilm. Er verliebte sich ausgerechnet in die Dorfhure... Die Schwester von Sams Vater... der zudem ihr Freier war....was für ein Mistkerl... Ein schreckliches Schicksal nach dem anderen. Aber weshalb die Mutter von Angus Heather nicht mehr auf dem Hof wollte und damit durchkam, ist ihr noch schleierhaft...ob ihr Bruder vielleicht Heather auch...besser, wenn sie das nicht auch noch weiss...

Die Tierärztin schüttelt ihren Kopf, streicht sich selber über die Arme und umfasst sich in einer Umarmung. Ja, sie kann Angus verstehen, sie kann ihn sogar sehr gut verstehen, dass er diesen Frank Conley nicht mag... Auch ihr hat dieser Superheld den wichtigsten Menschen gestohlen. Einfach mitgenommen und weit weg in die Ferne verschleppt!

Kapitel 51

Frank sieht die beiden Männer ernst an und stützt sich die Hände in die Hüften. Er holt tief Luft und wischt sich mit einer Hand übers Gesicht. „Ich habe Mayer angerufen. Das war der einzige normale aus dieser Bande..." Während der besorgte Grossvater spricht, geht er zur Bar und nimmt eine volle Flasche vom Regal. Er giesst vom Whisky in drei Gläser und seine beiden Zuhörer nehmen diese Gestik als Einladung an. Beide stehen sie nun neben ihm und greifen sich ein Glas.

„Ich habe ihm von Mirjams Entdeckung berichtet und versucht, so sachlich wie möglich zu bleiben. Ohne viel Erfolg versteht sich." Er nimmt einen grossen Schluck aus seinem Glas und leert es damit. Erneut giesst er sich nach und geht mit dem zweiten Glas zum Fenster. „Dieser Schmierfink Tropman hat mir von Anfang an nicht gepasst! Wie in meinen Filmen... Alle zusammen geldgierige, verlogene Polizisten. Wem kann man heute überhaupt noch trauen?!"

„Frank, bitte, könntest du auf den Punkt kommen?!"
Roberto nippt nervös an seinem Glas und folgt dem
Schauspieler ans Fenster. Ken tut es den Beiden
gleich und verschränkt die Arme vor der Brust.

„Er hat die internen Ermittlungen angesehen und keine weiteren Einträge gefunden... Respektive, keine weiteren Aktivitäten... Sprich, Simon hat Mexiko nie verlassen! Der Eintrag mit der Schweiz war eine Irreführung, um von der eigentlichen Tatsache abzulenken. Und weil Simon Schweizer ist, hätte dies natürlich Sinn ergeben, dass er im Heimatland Unterschlupf sucht, nachdem ihn dort niemand gesucht hat und wir nichts hätten nachweisen können." Zwei aufgerissene Augenpaare blicken ihn überrascht an.

„Wie bitte, was?! Aber, das kann doch gar nicht sein... Mike sagte doch, er hat ihn..." Und bevor Roberto den Satz zu Ende bringen konnte, übernahm dies Frank für ihn: „...Auf dem Landeplatz von der Klinik absetzen müssen, damit er zuerst etwas erledigen könnte, bevor er nach Costa Rica fliegen wollte, richtig!? Dann sind sie alle in die Klinik zu Dr. Robinson, dem amerikanischen Psychiater, erinnert ihr euch?" Roberto durchfährt ein eiskalter Schauer und auch er leert sein Glas in einem Zug.

„Ja genau, dieser hat Susie und Mike 'behandelt' ", er setzt imaginäre Gänsefüsse in die Luft, als er dies sagt und ergänzt: „Und danach ist Filmriss." Frank klatscht in die Hände.

„Aber Dad, woher weisst du, dass Simon Mexiko nicht verlassen hat?! Und was hat Tropman damit zu tun? Warum sollte jemand eine Irreführung mit der Schweiz in eine Polizeiakte setzen? Ich verstehe nicht...?!" Sichtlich irritiert schüttelt Kenneth den Kopf.

„Tropman steckte von Anfang an mit denen unter einer Decke. Der verfluchte Schmierbulle hat alles mitgemacht! Du magst dich erinnern, wer den kleinen dicken Glatzkopf unterstützt hat?" Er schenkt seinem Sohn einen prüfenden Blick und nickt, „Ja genau, die Polizei... Aber nicht die mexikanische, wie wir gedacht haben, nein, es war unsere...Unsere Polizei! Nicht das FBI, nein, Coney Island Department! Ist das zu glauben?! Versteht ihr, was da abläuft?!" Frank geht mit strengem Schritt auf seine

Bar zu, öffnet die Flasche Single Malt und giesst sich grosszügig ins Glas ein.

Roberto macht ebenfalls grosse Schritte auf Frank zu, stellt sein Glas geräuschvoll auf der Bar ab und blickt den Schauspieler vorwurfsvoll und böse an: „Du willst uns doch jetzt nicht ernsthaft mitteilen, dass dieses Irrenhaus unschuldige amerikanische Bürger gegen ihren Willen festhält?!! Frank!?" Er haut seine Hand energisch auf das Holz. Frank blickt ihn, und dann beide enttäuscht an und antwortet: „Das ist leider noch lange nicht alles...!"

Kapitel 52

Angus streicht seiner Stute sanft über den Hals, entlang dem eleganten Rücken und über ihren starken Hintern. Er geht dicht an ihr entlang, so dass sie seine Körperwärme spüren kann. Er tritt um sie herum und tut es auf der anderen Seite gleich. Sie geniesst seine Nähe, tritt dennoch nervös von Huf zu Huf und schnaubt laut aus.

„Du wirst das grossartig machen, meine Schöne! Gemeinsam werden wir das grossartig machen. Nichts anderes, als wir trainiert haben, ich verspreche es dir. Es hat mehr Leute, die dir zusehen und dich bewundern werden, aber ich bin da und Sam ist da und wir drei zeigen, was du kannst. Ok? Machen wir das so?! Wir drei zusammen? Braves Mädchen!" Angus stellt sich bewusst dicht neben ihren Hals und spürt ihren Druck gegen ihn. Er schmunzelt und weiss, dass sie ihn besser versteht, als alle menschlichen, weiblichen Seelen. Er nimmt den Kamm aus der Box und beginnt sanft ihre Mähne zu kämmen, Zöpfe zu flechten und Bänder zu binden. Seine weiteren Worte erreichen besänftigend und liebevoll die gespitzten Ohren des Schimmels.

„Ich kann das doch machen, Cousin Angus." Der Stallbursche steht in der offenen Tür und bietet seine Hände an. Ohne aufzublicken bindet der Gutsherr eine Schleife in das dichte Pferdehaar und gibt einen tiefen Grunzlaut von sich: „Man belauscht keine Leute... Hat dir das dein besoffener Alter nie beigebracht?" Ruhig kämmt er weiter und macht mit dem Kopf eine auffordernde Bewegung. „Wir sind nicht Familie, also nenn mich nicht so! Es hat sich nichts geändert. Ich bin hier der Chef und du der Stalljunge, verstehst du? Und jetzt nimm dir einen Kamm, damit du endlich lernst, wie man eine Dame hübsch macht!"

Ein zartes und liebevolles Lächeln huscht über Haileys Gesicht, als sie die Beiden beobachtet. Sie nimmt einen tiefen Atemzug und schliesst für den Bruchteil einer Sekunde die Augen. Ihre Hand nimmt das Kreuz an ihrer Halskette in die Hand und sie schenkt einen kurzen Blick dem Wolkenhimmel über ihr. „Das kommt gut, nicht wahr? Das kommt alles richtig gut!" Leise flüstert sie diese Worte vor sich hin und eine Träne kullert ihr über die runzlige Wange.

„Er ist doch ein guter Junge, mein Angus... Ein so guter Junge..." Sie dreht sich um und will zum Haus gehen, als sie ein Auto auf den Hofplatz fahren sieht. Erstaunt runzelt sie ihre Stirn und macht einen Schritt darauf zu, bevor sie erschrocken innehält.

„Officer Hunter? Was bringt Sie denn zu uns? Ich hoffe, ein Höflichkeitsbesuch vor dem grossen Tag?"

Kapitel 53

Bestürzt und schweigend setzen sich alle drei Männer auf die Ledergarnitur und blicken einander an. „Was sollen wir als nächstes tun? Rosalía wird dies treffen wie ein Tornado... Es wird ihr das Herz brechen, wenn sie weiss, was mit ihren Patienten wirklich los war und mit wem sie zusammen gearbeitet hat... Ich frage mich, ob Pablo damals wirklich an einer Blutvergiftung gestorben ist..." Ken reibt sich mit beiden Händen das Gesicht, als wolle er es von Staub befreien. Er wirft sich rückwärts gegen die Lehne und fährt sich durchs dichte Haar. „Ach du heilige Justizia!!! Es gibt SOVIEL zu tun, jetzt!!! Wie ist das alles nur möglich?! Ich kann einfach nicht... Nein, ich will einfach nicht glauben... oh Gott!!" Er setzt sich ruckartig kerzengerade auf und sieht den ebenso bestürzten Roberto an. „Carmelíta und ihre Familie! Die Krippenkinder! Rosalía war doch eben noch... Aber, was... wer... ich... ich muss an die frische Luft! Ich kriege keine Luft mehr hier drin! ... ich... "

Gleichzeitig tritt Bonnie in den Raum und blickt Kenneth erschrocken an. „Mein Junge! Was ist mit dir?! Geht es dir nicht gut?! Du bist ja kreidebleich! Frank?! Was geht hier vor?!" Sie will Conley Junior am Arm festhalten, doch dieser eilt an ihr vorbei, als würde er gejagt. Sie schlägt sich beide Hände vor den Mund und dreht sich zu Conley Senior um.

„Er wird sich gleich wieder beruhigen. Du kennst ihn doch. Sobald sein sachliches Juristenhirn miteinbezogen wird, steht er wieder mit beiden Füssen auf dem Boden. Ich hatte eben Hiobsbotschaften zu überbringen und dieses Mal bezieht es seine Familie ebenfalls mit ein... Das kann er noch nicht sachlich betrachten. Zu lieben ist eben nicht nur schön..." Mit diesen Worten blickt er Roberto an und bückt sich nach vorne. „Sollten wir alle reisen? Was denkst du?"

Bonnie geht einen Schritt auf Frank zu und, bevor Roberto antworten kann, fragt sie: „Die Schweiz ist ein Fehlalarm, habe ich recht?" Auf Franks stummes Nicken hin fährt sie fort: „Es gibt nie einen passenden Zeitpunkt für Hiobsbotschaften, Frank..." Sie bleibt vor ihm stehen und wartet auf seinen Blickkontakt. Roberto ergreift das Wort und fragt: „Bonnie, ist was passiert? Die Mädchen?! " Die kleine Schottin schüttelt den Kopf und sieht Roberto mit tränengefüllten Augen an. Auch Frank begreift nun, dass es sich nicht mehr um seine Mitteilung handelt und steht auf. Er fasst seine Haushälterin, Freundin und Tante seiner verstorbenen Frau an den Schultern und blickt sie auffordernd an.

„Sie haben unseren Jungen geholt. Er steht unter Verdacht,… wegen Mord!"

Kapitel 54

Ruhig und emotionslos blickt Angus in das Augenpaar ihm gegenüber und schnalzt mit der Zunge. „Das war's! Mehr war da nicht! Auch wenn du mir dieselbe Frage hundertmal stellst. Kann ich denn jetzt gehen? Ich habe eine Dame, die auf mich wartet." Er will sich vom Stuhl erheben, als er mit einer Handbewegung davon abgehalten wird. Der Polizist ihm gegenüber schüttelt hoffnungslos und verärgert den Kopf.

„Verdammt nochmal, MacKay! Willst du denn nicht begreifen, dass das hier ernst ist?!" Er nimmt wütend die zusammengefaltete Akte vor sich vom Tisch, öffnet sie und schleudert sie offen vor Angus hin.

„Sieh dir an, was dir vorgeworfen wird! Ja, schau genau hin und dann will ich verdammt nochmal wissen, ob jemand bezeugen kann, dass du damit nichts zu tun hast?!" Er zeigt drohend erst auf das Foto zwischen ihnen, dann auf Angus' regungsloses Gesicht.

„Ich töte keine Menschen. Ich mag sie nicht, das ist richtig, aber ich nehme ihnen nicht das Leben. Und diesen Hund hier", er wirft einen kurzen Blick auf das Bild und fährt fort, „mag... Entschuldigung, MOCHTE ich besonders wenig... Aber ich werfe keine besoffenen, alten Männer in die Schlucht! Und das weisst du haargenau, Officer Hunter! Also bleibt mir mit euren verlogenen Vorwürfen bloss vom Hals und lasst mich meine Arbeit auf dem Hof tun, verstanden!?" Erneut erhebt sich der kräftige Gutsherr vom Klappstuhl und will den Raum verlassen, als er verbal zurückgehalten wird.

„Wer hat dir gesagt, dass er besoffen war?... Hör zu... wir haben eine Aussage gegen dich, Angus. Du stehst unter Voranklage, ich kann dich nicht einfach so ziehen lassen." James Hunter steht ebenfalls auf und geht auf den grossen Schotten an der Tür zu. Er will ihm die Hand auf die Schulter legen, lässt es jedoch bleiben und stützt beide Hände in die Hüften.

„Könnte denn jemand bezeugen, dass du ihm kein Haar gekrümmt hast?! Es ist wichtig, Angus, verdammt, hier geht was vor! Und offenbar weisst du mehr, als du zugeben willst. Ohne eine Gegenaussage kann ich dich nicht..."

„Was ist mit Hailey? Glaubst du ihr etwa auch nicht?" Mit hasserfüllten Augen blickt Angus erst an die Decke, dann auf den Polizisten hinunter.

Dieser schüttelt den Kopf und er neigt diesen zu Boden. „Nein, das geht doch nicht! Sie ist ja wie deine leibliche Mutter. Sie würde alles für dich tun, das wissen hier doch alle!"

Angus dreht sich langsam um und blickt sich im kargen Raum um. Er verschränkt seine Arme und nickt. „Ahh, jaja, ich verstehe schon... Alle wissen so unglaublich viel hier, nicht wahr? Alle wissen, dass ich... wir... alleine auf dem grossen Hof wohnen... Die kurlige Alte und der verkorkste Hurensohn... Alle wissen, dass das Bastardkind nach Hollywood geflohen ist und alle wissen, dass wir in Geld schwimmen und den armen Sam ausbeuten, obschon ja meine Mutter seine Tante war... und der versoffene Hund kein Geld hat und ich ihm nicht helfe, obschon er doch irgendwie zu unserem Clan gehören sollte... Jaja, ich verstehe schon ganz genau, was alle hier wissen... Der Hinterwäldler Highlander, der es mit seinen eigenen Pferden treibt, weil er ja sonst keine Gelegenheit findet... klar... der bringt auch einen lästigen, besoffenen, unschuldigen Vater um! Ja, das wissen alle hier, was??!!"

Kapitel 55

„Was ist eine gemeine Sitzung, Mama?" Einer der Zwillinge versucht umständlich auf den Schoss seiner Mutter zu klettern, während diese sich die wilden Locken versucht zu kämmen.

„Was meinst du damit? Wer hat was von einer gemeinen Sitzung gesagt, mí amor?!" Die schöne Mexikanerin wirft ihren Kamm genervt auf den eleganten Schminktisch und verhilft ihrem Sohn auf den mütterlichen Schoss. Zärtlich zeichnet sie mit dem Zeigefinger seinen hellen Augenbrauen nach und fährt ihm über den kleinen Schmollmund.

„Wie kannst du nur so hell aus mir rausgekommen sein? Deine schottischen Adern haben noch immer Vorrang…sagenhaft, dabei hätte ich schwören können, dass das Dunkle überwiegt! Also, gemeine Sitzung sagst du? Wo hast du das gehört, Cucaracha?"

„Baba hat das zu Papa gesagt und ihn ganz böse angesehen!" Die grossen, runden, hellgrünen Augen blicken Rosalía interessiert und besorgt zugleich an. Sie runzelt die Stirn und beisst sich auf die volle Unterlippe.

„Ha,… interessant… gemeine Sitzung hat er gesagt, bist du dir da ganz sicher?" Sie zieht an einer seiner Locken und blickt zu seinem Zwillingsbruder, der neben ihnen auf dem Bett sitzt und an einem

Spielzeugbagger hantiert. „Hast du das auch gehört, AJ?" Sie gibt dem Bett einen leichten Stoss mit dem Fuss, um die Aufmerksamkeit ihres Sohnes zu erhalten. Dieser verneint mit dem Kopf, ohne aufzublicken antwortet: „Nein, ich habe gehört, dass Baba eine fiese Sitzung braucht. Für alle!" Er zeigt demonstrativ mit einem Finger in die Luft, als wolle er seinen Grossvater nachahmen.

Ein schelmisches Schmunzeln huscht über das Gesicht der konzentrierten Mutter und sie zeigt ihre weissen Zähne. „Ahh, eine fiese Sitzung also! Du meine Güte, was Baba wohl vorhat mit uns?!" Geheimnisvoll blickt sie von dem einen zum anderen aufgeregten Augenpaar und schaut ihre Jungs verliebt an. „Ihr braucht euch nicht zu sorgen, mí Cucarachas! Baba meinte bestimmt eine Kriesensitzung in der Familie! Und das ist nichts gemeines oder fieses, das ist nur ein Name für ein langes Gespräch, wo jeder seine Ideen und Gedanken mitteilen darf, wenn ein ganz wichtiges Thema die Familie betrifft." Beide Zwillinge sehen ihre Mutter nun noch interessierter an, als zuvor und AJ fragt nach: „Wie bei der Geschichte, die Papa immer erzählt, wo sie alle mit den Schwertern und Kleidern am Feuer sitzen und sich verstecken müssen?" Rosalía lacht laut auf und wirft ihren Kopf in den Nacken.

„Ja, so ähnlich wie bei den Schotten damals, als sie sich für den Kampf gegen die Engländer vorbereiten mussten. Nur sind das keine Kleider, mí Querida, das sind Kilts. Röcke für Männer. Wie die von Papa und Baba. Und wir werden sicherlich nicht in einen Kampf ziehen müssen... hoffe ich zumindest..." Sie nimmt den grinsenden Jungen von ihrem Schoss und wirft ihn behutsam auf das Bett zu seinem Bruder. „Und bald, ja sehr bald, werdet ihr zwei ebenfalls in zwei solche Kleider gewickelt, wie kleine Fajitas! Und ihr werdet umwerfend darin aussehen!" Sie wirft sich freudig zu ihnen aufs Bett und kitzelt ihre beiden Wonneproppen aus.

Kapitel 56

„Angus, jetzt hör mir doch zu!" Der ebenso aufgebrachte Dorfpolizist versucht seinen ehemaligen Schulkameraden zu besänftigen. Er will ihm an die

Schulter fassen, als die Tür geöffnet wird. Eine kleine, untersetzte Frau mit dickem Wollpullover und einem karierten Jupe steht in der offenen Tür. Sie hat eine Brille auf der Nase und blickt streng auf das Papier in ihrer Hand.

„Angus MacKay, wir haben einen Anruf erhalten mit der Aufforderung, das Verhör unverzüglich einzustellen. Sie sind nach wie vor unter Hauptverdacht, können jedoch die Polizeiwache verlassen. Sie dürfen das MacKay Gut nicht verlassen, bis sie für die nächsten Untersuchungen aufgefordert werden. Ihre einzige Kontaktperson ausserhalb des Hofes wird Ihr Anwalt sein, dieser informiert sie auch über die nächsten Schritte. Sie müssen Ihr Mobiltelefon Officer Hunter hier und jetzt abgeben und hier unterzeichnen. Haben Sie Fragen, Mister MacKay?" Die kleine Schottin nimmt sich die Brille von der Nase und blickt Angus mit kleinen Augen an.

„Wer hat angerufen?! Wer war das?!", mischt sich Hunter unaufgefordert ein. Missbilligend schenkt ihm die Botschafterin einen Blick und entgegnet: „Ich wusste nicht, dass Sie auch MacKay heissen?!"

Emotionslos schwenkt sie ihren Kopf wieder zu Angus und wartet seine Reaktion ab. Dieser hebt beide Hände in die Luft und murmelt: „Ich bin weg! Kein Mobiltelefon, also keine Autogramstunde!" Er drängt sich an der Pullover Frau vorbei und wirft einen abschliessenden Blick über seine Schultern.

James Hunter greift hastig nach dem Stück Papier aus den runzligen Händen und liest das Geschriebene darauf durch. „Verdammt nochmal! Natürlich muss sich Hollywood einmischen!" Wütend wirbelt er das Papier in die Luft und sieht die noch immer ruhig bleibende Teamkollegin an. Er bemerkt ihr Grinsen auf den Lippen und verschränkt seine Arme. „Was hat er dir versprochen?! Sag schon? Ein Autogramm auf deinem Wollunterhemd? Scheisse nochmal Betty, das ist ernst hier! Wir haben einen Toten! Das ist keine überfahrene Kuh, das ist ein MENSCH!!!" Er wirft seine Hände in die Luft und lässt sie auf dem Kopf nieder.

„Glasgow wird mich in der Luft zerfetzen! Perfektes Fressen für die da unten! Ich kann sie schon hören, mit ihren Highlander Witzen!"

Kapitel 57

Konzentriert und streng dreinblickend geht Frank Conley in seinem klassisch möblierten Arbeitszimmer auf und ab. Linda sitzt mit gefalteten Händen auf einem Stuhl, direkt vor dem grossen Schreibtisch und lässt ihren Blick durch den Raum gleiten. Ihr wird bewusst, dass sie in all diesen Jahren, seit sie Frank kennt, noch nie hier drin war. Zudem stellt sie sich die Frage, weshalb ein Schauspieler ein Arbeitszimmer mit Schreibtisch benötigt und sie nimmt sich vor, Frank diese Frage zu stellen, sobald dies alles vorbei ist. Noch immer weiss sie nicht, weshalb sich alle hier versammeln sollen und schenkt Rosalía einen fragenden Blick. Diese sitzt neben ihr, ebenfalls auf einem Stuhl und scheint dieselben Gedanken betreffend diesem Raum, wie dem Inhalt der fiesen Sitzung zu haben. Sie räuspert sich und will gerade den Mund öffnen, als ihr die soeben eingetroffene Susie zuvorkommt.

„Himmel, Arsch und Zwirn, Conley Senior! Wenn du mir was zu sagen hast, musst du das nächste Mal deinen trainierten Hintern zu mir in den Whirlpool stecken! Du weisst schon, wieviel Arbeit das ist, einen solchen Luxuskörper wie meinen, wieder aus dem Wasser zu bringen?! Ich bin erst gerade reingestiegen! Wenn der Flug schon verschoben wird, dann will ich wenigstens butterweich sein dafür! Wo brennt's denn?! Oh... Grüss euch, meine Tauben! Hat er euch etwa auch herbestellt?!" Verwundert blickt sie erst auf Lindas, dann Rosalias Gesicht und legt sich beide Hände auf ihre Wangen. „Ihr seid beide so bildschön! Wenn ich könnte, würde ich euch auf der Stelle malen!" Sie schenkt den beiden ein bewunderndes Lächeln, dreht sich dann sogleich zu Frank um und stützt sich beide Hände in die vollen Hüften. „Also, wer hat was ausgefressen? Was geht hier vor, Zuckermaus?!"

Der ehemalige Actionheld blickt zur Tür, durch welche sein Sohn Kenneth mit dem Mobiltelefon am Ohr eintritt. „Vielen herzlichen Dank, Betty! Ich...Wir, wissen dies sehr zu schätzen! Und selbstverständlich werden Sie dies Frank Conley in Kürze persönlich mitteilen können. Dafür sorge ich, so wahr ich ebenfalls Conley heisse! Auf Wiederhören, Betty. Ja... das ist korrekt... genau... da haben Sie vollkommen recht, Miss Betty... oh, ich bitte um Verzeihung, Miss Betty... Sehr gern... auf Wiederhören, Betty!" Husch nimmt er das Telefon vom Ohr und drückt rasch die Aus Taste. Er schliesst für einen kurzen Moment die Augen. Als er sie wieder öffnet, bemerkt er alle Blicke im Raum verwundert auf ihn gerichtet.

„Miss Betty also...??!!", ist die erste sarkastische Bemerkung, welche er von seiner zierlichen Frau zu hören bekommt. Sie hebt eine Augenbraue und schlägt lässig ein Bein über das andere, während sie den Blick nicht von ihm abwendet.

„Nana, Süsse, das hat sich nach älterem Semester angehört! Eher meine anstrengende Klasse, verstehst du? Abgesehen davon, war die offensichtlich scharf auf meinen Franky! Also, raus mit der Sprache, Ken, wer ist diese Betty Tante?!" Susie stellt sich demonstrativ vor den Professor in Jeans hin und zwinkert ihm abwechselnd mit den Augen zu. Dieser lässt sich erschöpft auf den Sessel gleich neben sich fallen und reibt sich die Augen.

„Betty ist die Revier Sekretärin von..." Bevor er seinen Satz beendet, hören sie die langsamen und schlurfenden Schritte von Roberto näher kommen. Als er Sekunden später zur Tür hineintritt, legt er tief atmend seine Hand auf den Türrahmen und stützt sich ab.

„Die Zwillinge sehen sich einen Film an, Mirjam ist bei ihnen und Bonnie kommt gleich nach, sobald sie die Kiddos mit Knabberzeugs versorgt hat. Wir können also loslegen, Frank."

Kapitel 58

Aufgeregt geht Hailey vor dem prachtvollen Steinhaus im Norden der schottischen Highlands auf und ab. Sie hält sich die Hände gefaltet vor das Gesicht und murmelt leise Gebete. Sie vernimmt aus der Ferne ein Motorengeräusch und blickt nervös auf. Ein rostiges Polizeiauto fährt langsam in die Kieseinfahrt ein und hält direkt vor Hailey an. Diese putzt sich die schweissigen Hände an ihrer Spitzenschürze ab und wartet gespannt auf das Öffnen der Beifahrertür. Anstelle dieser wird eine der hinteren Türen geöffnet und langsam kommt der Kopf von Angus zum Vorschein.

„Oh mein Junge! Gott sei Dank du bist wohlauf und wieder zuhause!" Rasch geht sie zu ihm und hält ihn an seiner Hand fest, als sie liebevoll zu ihm hochblickt. Nachdem sie sich vergewissert hat, dass ihm nichts fehlt, bückt sie sich leicht hinunter und wirft einen abfälligen Blick dem Fahrer zu.

„Schämen sollt Ihr euch! Schämen! Was würde deine Grossmutter dazu sagen, wenn sie wüsste, was Ihr hier für unartige Sachen mit anständigen Menschen macht, James Hunter!?" Sie hebt bedrohlich ihren Zeigefinger, als sie von Angus sanft vom Auto weggezogen wird.

„Das ist nicht Hunter." Er nickt dem Fahrer zu und knallt die Autotür geräuschvoll zu. Da er weiss, wie mitreissend und aufwühlend diese Stunden für seine treue Begleiterin gewesen sind, legt er behutsam seinen Arm um ihre Schultern und begleitet sie ins Haus.

„Was gibt's denn leckeres zum Mittagessen?" Er öffnet ihr gentlemanlike die grosse Tür und weist ihr mit dem Arm zum Eintreten. „M'lady, nach Ihnen!"

Zum Dank erhält er einen Schlag mit ihrem Küchentuch und einen bösen Blick.

„Wie kannst du jetzt nur ans Essen denken, Angus Cunnigham MacKay?! Du setzt dich auf der Stelle hin und berichtest mir, was da abgelaufen ist?! Ich sterbe hier fast vor Sorge und du willst futtern!" Theatralisch wirft sie eine Hand über ihren Kopf und stützt sich dann dieselbe in die Hüfte.

„Ich will aber nicht auf dem kalten Boden sitzen hier, lass uns in die Küche gehen. Dann haben wir beide was davon." Schelmisch grinsend geht er an der kleinen Frau vorbei und folgt dem herrlichen Duft nach gebratenem Fleisch. Er wusste, Sie würde ihn mit einer grandiosen Mahlzeit erwarten. Als er in die Küche tritt, bleibt er für einen Moment überrascht stehen und geht dann stirnrunzelnd an dem Gast am Tisch vorbei. Er öffnet den Kühlschrank und entnimmt daraus ein Ale.

„Angus! Es ist gerade mal Mittag und du willst schon Bier trinken? Morgen ist der Springwettkampf! Du musst dich mit klarem Kopf vorbereiten!" Noch irritierter blickt er nun zu Hailey und schüttelt kaum merklich seinen Kopf. „Wie bitte?! Seit wann gibt es eine Tageszeit für ein Ale?!" Er geht um den Tisch, stellt geräuschvoll sein Bier auf den Holztisch, stützt sich mit beiden Händen auf dem Stuhl vor sich ab und blickt emotionslos in das Augenpaar ihm gegenüber.

„Ich darf morgen nicht reiten! Aber ich gehe davon aus, dass sich das schon rumgesprochen hat und DU deshalb in meiner Küche sitzt?!"

Kapitel 59

Rosalías Schluchzen an Kens Schulter, Susies zusammengekniffene Augen, Lindas nachdenkliches Hin- und Hergehen im Raum, sowie Franks nervöses Fingertrommeln auf dem Tisch verraten Bonnie, dass die wichtigen Informationen bereits ausgesprochen wurden. Sie geht leise zu Roberto, welcher das Gesicht in seinen Händen vergraben hat und berührt ihn sanft an der Schulter. Wie aus dem Schlaf gerissen, blickt er sie erschrocken an und atmet dann tief Luft ein. Er presst seine Lippen aufeinander und spricht in den Raum:

„Bonnie ist jetzt hier..." Alle Augen sind auf die kleine Schottin gerichtet, welche langsam ihre Hände faltet und von einem zum nächsten Augenpaar sieht. Sie bleibt bei Frank stehen und blickt ihn fragend an. Als von ihm keine verbale Reaktion kommt, ergreift sie das Wort: „Ich verstehe... Nun gut, wer begleitet mich nach Schottland und wer geht nach Mexiko?"

Verwirrt sehen sich die betroffenen im Raum an. Rosalía springt auf, schluckt die letzten Tränen runter und fasst sich an den Kopf: „Caramba! Qué stupido! Natürlich! Wir teilen uns auf! Danke Bonnie!" Sie wirft ihr mit beiden Händen Luftküsse zu und blickt dann zu ihrem erstaunten Mann. Frank lässt seine Finger ruhig auf der Tischplatte liegen und nickt stumm. Roberto erhebt sich unsicher und umfasst Bonnie seitlich an den Schultern. „Wie immer ruhig, sachlich, top organisiert und vorbereitet unsere Bonnie! Ich halte das für eine sehr gute Idee! Stellt sich nur noch die Frage, nach der optimalsten Verteilung."

Ein lautes Schnauben ist zu hören und alle Blicke wandern zu Susie. Sie schüttelt den roten Kopf und blickt wütend zu Boden. „Also, ich dränge mich ja sonst nicht auf... aber ich habe da noch etwas abzuschliessen bei den Nachos! Etwas ganz Persönliches, wenn ihr versteht?!" In diesem Moment, als sie es ausspricht, bemerkt sie, wie unüberlegt diese Aussage war und sie blickt um Verzeihung bittend zu Linda: „Tut mir leid, Süsse, wie dumm von mir! Natürlich verstehst du und das war eben anmassend von mir...aber...ich koche vor Wut!!!...Ich will definitiv nach Mexiko! Bitte! Ich...ich...WIR, müssen jetzt ein Ende finden!" Sie macht einen hastigen imaginären Kreis in die Luft.

„Ich will nach Schottland! Bitte, mí amor! Lass uns nach Schottland gehen! Du musst so oder so dorthin, du wirst gebraucht und ich habe die Schnauze voll von Mexiko! Nicht nach all dem, was ich jetzt weiss! Por favor!!" Die ehemalige Physiotherapeutin geht auf ihre Knie und bettelt buchstäblich ihren Mann an. Dieser zieht sie liebevoll zu sich herauf und umarmt sie. „Niemals hätte ich zugelassen, dass du jemals auch nur einen Fuss wieder in diese Klinik stellst!" Und mit fragendem Blick zu seinem Vater gerichtet: „Dad?"

Kapitel 60

„Warum nicht?! Ich kann das!! Ganz ehrlich! Und wir hätten auch heute noch Zeit, die wichtigen Details durchzugehen, damit es genauso abläuft, wie du dir das vorstellst! Was können wir schon verlieren, wenn wir es nicht versuchen?!" Aufgeregt und voller Motivation und Elan plappert Stacy auf den sturen Schotten vor sich ein. Sie wirft einen Blick zu Hailey, welche ruhig am Tisch sitzt und mit ihren Fingern die Holzspalten der Tischplatte nachzeichnet.

Angus holt tief Luft und zieht eine Hand aus seiner Cordhosentasche und lässt seinen Finger vor der nervösen Tierärztin kreisen. „Deshalb nicht!" Er hebt eine Augenbraue in die Höhe und steckt die Hand wieder zurück. Er bückt sich mit dem Oberkörper zu ihr hinunter, damit ihre Augen auf selber Höhe sind und schenkt ihr ein Schmunzeln, welches sie verwirrt und noch nervöser macht. Nach einigen Sekunden, die ihr wie Minuten voller Unbehagen vorkommen, öffnet er langsam seinen Mund und flüstert: „Du bist viel zu nervös, M'lady! Mit dir auf meiner Stute verliere ich ALLES!" Er zwinkert ihr zu und erhebt sich wieder in seine volle Grösse.

„Aber Angus! Sie meint es doch nur gut und will helfen! Schon wieder!" Hailey blickt nun beide an und erhebt sich vom Stuhl. „Hast du dich denn überhaupt schon bedankt bei ihr, dass sie für dich bei Ken angerufen hat?! Du undankbarer Schotte!? Und wie könnt ihr beiden denn eigentlich nur an das gottverdammte Springen von Morgen denken?!" Sie dreht sich energisch um die eigene Achse und wischt sich mit dem Küchentuch die Tränen aus den Augen.

„Entschuldigen Sie, Liebes, dass ich so mit Ihnen spreche, aber..." Die kleine Haushälterin dreht sich wieder zu den beiden überraschten Gesichtern um und fügt bestürzt hinzu: „Sam hat seinen Vater auf schreckliche Weise verloren! Er ist ein Teil unserer Familie. Angus und du stehst unter Verdacht, ein Leben genommen zu haben!!! Was für eine Rolle spielt hier bitte schön dieser Anlass morgen?!"

Stacy blickt beschämt zu Boden und spitzt verlegen ihre Lippen. „Sie haben recht, Miss Hailey, es tut mir sehr leid... ich... ich weiss einfach, wie wichtig der morgige Tag ist für..." Langsam blickt sie zu Angus hoch, welcher noch immer Hailey ansieht. Dann erwidert er den Blick der Tierärztin und kneift seine Augen leicht zusammen. Seine Stirn legt sich in Falten, dann schnalzt er mit der Zunge, bevor er bemerkt: „Ich wusste nicht, dass du... Wer angerufen hat... ich wollte da einfach nur raus... Vielen Dank!" Dann macht er mit seinem Kopf eine Nickbewegung und richtet sein Wort und Blick an Hailey: „Du hast wie so oft recht! Sam gehört zu unserer Familie... Und genau das, werden wir morgen allen zeigen!"

Kapitel 61

„Ich möchte auch mit nach Mexiko..." Eine sanfte Stimmt dringt in den Raum voller Emotionen. Überrascht dreht sich Roberto um und blickt in die traurigen Augen seiner Tochter. Mit raschen Schritten geht Linda auf sie zu und nimmt sie fürsorglich in den Arm.

„Aber natürlich kommst du mit uns! Du gehörst zu Papa und mir!" Sie küsst Mirjam auf das lockige Haar und spürt, wie Roberto sich der Umarmung anschliesst.

Susan Manders erhebt sich aus dem Sessel und streicht sich ihr Blumenkleid glatt. „Ich denke, ich brauche in der kochenden Hölle nicht so viele Schichten, wie ich für die Bergwelt eingepackt habe. Bonnie, darf ich Kleider hier lassen?" Sie blickt die nickende Schottin an und wendet sich an Frank. „Und du! Wozu immer du dich entscheidest, du bist und bleibst mein Superheld! Verstanden?! Und ich denke, ich spreche für alle Anwesenden hier! Wir lieben dich und sind dankbar für alles, was du für jeden einzelnen von uns getan hast und noch tun wirst, alter Knackbursche! Folge wie immer deinem Herzen und wir treffen dich am Ende deines Weges wieder! Aber entscheide dich für DICH!" Sie zwinkert ihm zu und küsst ihn aus der Distanz in der Luft.

Frank Conley erhebt sich aus seinem kaum genutzten Ledersessel hinter dem grossen Schreibtisch und blickt erst in das Gesicht seines Sohnes. Dieser hält seine kleine Frau an den Schultern und sieht seinen Vater besorgt an. Er weiss, welch schwierige Entscheidung ihm bevorsteht. Franks Blick wandert zu Bonnie, welche ihm ebenfalls viel Verständnis entgegenbringt und dann Susie anlächelt. Die sechs Augenpaare von seiner liebgewonnenen Familie von Linda, welche seit Jahren wie sein eigen Fleisch und Blut ist, sehen ihn traurig und erschöpft an.

Der ehemalige Actionheld senkt seinen Blick auf die Tischplatte, schliesst seine Augen, legt seine Hände flach darauf und holt tief Luft, welche er geräuschvoll wieder ausatmet. Dann nickt er heftig, richtet sich erst auf, bevor er sich langsam in den Sessel zurücksetzt und die Ellenbogen auf dem Tisch absetzt. Er faltet die Hände vor seinem Gesicht und lässt sich sinken. „Ich hatte da mal eine aussergewöhnliche Rolle in einem Film. Ein Film, der so nicht in mein Portfolio passte und doch liebte ich es, diese Rolle zu spielen..."

Verwundert und neugierig wird er von allen angesehen, als er fortfährt: „Und in dieser Rolle gab es einen Satz, den ich nie für mein Leben zitierfähig gehalten hätte, bis zum jetzigen Zeitpunkt..."

Kapitel 62

Aufgeregt und in kleinen hastigen Schritten geht Hailey über den grossen Kiesplatz zu den Stallungen. „Sam?!... Sam, mein Junge, wo bist du?!... Sam?!!" Während sie noch nicht bei den grossen Toren steht, ruft sie so laut es ihre Stimmbänder hergeben. Doch keine Spur von dem ruhigen Stallburschen. Die kleine Schottin schüttelt den Kopf. Nicht auszumalen, wie es ihm ergehen muss. Sie hat ihn noch nicht gesehen, seit der Hiobsbotschaft. Aber er musste hier sein. Wo sonst sollte er sich aufhalten. Ausser seinem Vater hatte er niemanden und genug alt, um alleine leben zu dürfen, ist er ja längst. Bei nächster Gelegenheit und wenn das Schlimmste überstanden ist, wird sie ihn vielleicht sogar fragen, weshalb er seinen Vater nicht verlassen hat. Das konnte doch kein Zustand sein für ihn mit diesem Schurken. Bei diesem Gedanken bekreuzigt sie sich hastig und flüstert: „So spricht man nicht über Tote!"

Sie tritt in die Stallungen ein und beginnt erneut den Namen des bekennenden neuen Familienmitgliedes zu rufen. Ohne Erfolg. Sie geht von Pferdebox zu Pferdebox und blickt vorsichtig hinein. „Sam? Bist du hier, mein Junge? Bitte, komm, das Essen steht auf dem Tisch! Stacy ist auch hier... und Angus ist auch wieder da... Er wartet auf dich... Er muss dir dringend etwas mitteilen... Sam?" Sie kommt zur letzten Pferdebox, welche leer steht und hebt die Schultern. Sie will gerade wieder zurück zum Tor, als sie ein Geräusch vom offenen Dachboden vernimmt. Sie blickt hinauf in die Dunkelheit und kneift ihre Augen zusammen. „Sam, mein Junge, bist du da oben? Du weisst, ich kann diese Leiter nicht hochsteigen, also bitte, mein guter Junge, komm herunter!" Erneut vernimmt sie ein scharrendes Geräusch und legt ihre Stirn in Falten. „Sam! Bitte mach jetzt keine Versteckspiele und komm zu mir! Wir sind da für dich! Du gehörst zu uns! Komm jetzt, du bist bestimmt am Verhungern!" Sie hört eine Flasche klirren und schleppende Fusstritte. Etwas Heu fällt herunter vor ihre Füsse und sie erblickt aus dem Schatten auftauchend Sams roten Haarschopf.

„Um Gottes Himmels Willen, Sam!!! Mein Junge, bist du betrunken??!!" Sie schlägt sich beide Hände vor den Mund und wagt es kaum zu atmen.

Sie blickt den wankenden Jungen auf dem hohen Dachboden an und hält eine Hand in die Luft, als wolle sie ihn damit aufhalten. „Bleib dort stehen Sam! Nein besser noch, setze oder lege dich langsam hin, ich hole Angus! Bleib, wo du bist, um Himmels Willen, Sam!? Mein Junge! Ich hole Angus! Bleib so! Nein, setz dich hin! Sam! Armer Sam! Oh Gott!!"

Während sie hastig den Stall verlässt, bekreuzigt sie sich ununterbrochen und schickt Stossgebete ans Himmelszelt. Kaum hat ihr Fuss den Kiesplatz erreicht, schreit sie aus voller Lunge nach Angus, so laut, dass die Pferde hinter ihr ebenso laut aufwiehern.

Kapitel 63

Geheimnisvoll blickt Frank Conley in die angespannte Runde und geniesst für einen Moment diese Stille der Aufmerksamkeit.

„Ich übernehme die Zentrale und halte die Stellung!" Kaum hat er diesen Satz ausgesprochen, zeigt Roberto mit dem Finger auf den Actionhelden und sagt rasch, als wäre er in einer Quizshow: „Die gestohlenen Leben! Ein Thriller, aus dem Jahr 2019!" Als hätte er gerade eine Million Dollar gewonnen, strahlt er in die verblüffte Runde und klatscht sich mit der Hand aufs Bein, was ihn leicht zum Schaukeln bringt. Freudig zwinkert ihm Conley Senior zu und erwidert seinen Zeigfinger Aufruf gleichermassen. „Guter Junge!"

Susie verdreht die Augen, wirft beide Hände über den Kopf und geht kopfschüttelnd aus dem Raum. „Zentrale!... Thriller!...Ich werde auch gleich einen Thriller starten bei diesen... diesen...!"

Bonnie folgt ihr schweigend und mit gesenktem Kopf, als sie von Frank verbal aufgehalten wird: „Bonnie!... Du kannst mich doch verstehen, nicht wahr?... Sobald dieser ganze Spuk hier vorbei ist, komme ich nach! Versprochen!... Ok? Bonnie?" Voller Hoffnung wartet er auf ihre Reaktion, welche zu seiner Enttäuschung nicht wie erhofft ausfällt. Sie blickt traurig zurück und sagt leise: „Angst ist keine Bedrohung, Frank! Aber ich versuche zu verstehen." Sie dreht sich wieder um und verlässt ebenfalls den Raum.

„Ist schon ok, Dad. Sie hat sich eben schon so lange darauf gefreut, dass wir alle hinfahren. Die Geschichte mit Angus bringt jetzt die beiden Schwestern aus dem Häuschen. Aber wir sind ja bei ihr und bringen die Sache ins Lot! Keine Sorge, ihre erste Enttäuschung ist bald wieder vorbei." Ken geht auf seinen Vater zu, welcher noch immer wie gelähmt hinter dem Schreibtisch steht und zur offenen Tür blickt.

„Nein, es ist nicht ok, mein Sohn! Sie hat ja recht, ich habe Angst! Riesengrosse Angst sogar! Nicht auszumalen, was sich in diesen Jahren alles angestaut hat bei ihm... Ich war einfach immer zu feige, mich seit dem Unfall blicken zu lassen!"

„Das stimmt so nicht, Frank!", mischt sich Linda nun ein, „du wolltest hinfahren...und mit mir Baumstämme werfen...weisst du noch?" Sie blickt ihn liebevoll und dankbar an. „Aber wir sind dann nach Mexiko gefahren und haben uns eine grosse Familie angeschafft! Das war alles andere als feige von dir! Und wir alle sind dir bis an unser Lebensende dankbar für diese selbstlosen Heldentaten!"

„Und genau diese Geschichten werden wir in Schottland breitschlagen! Ich bin zwar klein, habe aber ein Temperament für vier! Und seit ich keine Selbstgespräche mehr führen kann, kommt mein Mitteilungsbedürfnis eh viel zu kurz! Also Caramba, will ich diesem mysteriösen, muskulösen, zwei Meter langen, rothaarigen, wilden Highlander im Kilt berichten, was hier wirklich Sache ist!" Rosalía klatscht sich laut und heftig in die Hände um ihrer Aussage noch mehr Entschlossenheit zu verleihen.

Ihr Mann hebt fragend eine Augenbraue, stützt beide Hände in die Hüften und schmunzelt: „So stellst du dir Angus vor?"

Kapitel 64

„Spring, hab ich gesagt! Verdammt nochmal, lass dich fallen, du besoffener Haufen!" Angus brüllt erbost zum Dachboden hinauf und sieht den wankenden Stalljungen streng an. Hailey hält sich die eine Hand ängstlich auf den Mund, mit der anderen krallt sie sich an Stacys Arm neben sich fest. „Um Himmels Willen, der arme Junge wird sich alle

Knochen brechen!" Auf diese Aussage folgend schüttelt der Gutsherr den Kopf und lässt seinen Blick nicht von Sam.

„Nein, wird er nicht! Nicht vom Fallen auf das Stroh! Aber ICH breche sie ihm, sobald er hier unten ist! Hast du mich verstanden, du Idiot!?! Und jetzt beweg deinen dürren Arsch hier runter und lass dir Vernunft reinhauen von mir!"

„Also, ich bin ja keine Psychologin, ...Aber ich denke nicht, dass das so funktionieren wird..." Stacys bemitleidenswerter Blick führt von Angus hinauf zu Sam und mit sanfter Stimme spricht sie zu ihm: „Ist schon gut, Sam. Es wird dir nichts passieren, dafür Sorge ich!" Sie wirft einen kurzen Blick zu Angus, welcher zeitglich die Augen verdreht. „Ich kann sehr gut verstehen, was du durchmachen musst, Sam! Wirklich! Das ist furchtbar und tut unglaublich fest weh! Und niemand kann dir diesen Schmerz nehmen, verstehst du? Auch der Alkohol nicht, Sam! Schon gar nicht der! Der macht alles noch viel schlimmer. Schau dir Angus genau an!" Verwundert blickt dieser zu Stacy und wartet gespannt, was als nächstes kommt. Die ruhig gebliebene Tierärztin lässt sich nicht aus der Fassung bringen und blickt Sam eingehend an. „Er ist wütend auf den Alkohol, nicht auf dich, Sam! Er ist wütend, wie dieser Suff dich verändert! Er ist nämlich unglaublich stolz und hält grosse Stücke auf dich! Du wirst schon sehen, Sam! Aber dafür musst du zu uns runter springen! Hier auf das Stroh! Ich verspreche dir, es wird dir nichts passieren! Gott soll mein Zeuge sein!" Sie erhebt demonstrativ den Zeigefinger in die Luft.

„Niemand kann... je ... stolz auf mich ... sein! ... Deshalb ... ist ... meine Mutter auch... gestorben, ... wegen mir... und mein Vater ... musste leiden... lange... laaange... leiden...sein gaaanzes ...Leben lang... Wegen mir... aber jetzt ... jetzt... muss er nicht mehr leiden... Jetzt... ist er ... befreit... jawohl... Niemand ... muss mehr wegen mir leiden... Niemand... kann... je ....stolz .... auf mich sein..." Sams weinerliches Gelalle ist leise und dennoch klar verständlich für die drei Anwesenden. Leise kullern Hailey Tränen aus den Augen und auch Stacy muss leer schlucken.

Angus schliesst kurz seine Augen und holt tief Luft, bevor er in sanfterem Ton hinauf spricht:

„Komm jetzt runter, mein Junge! Wir kriegen das gemeinsam hin! Ich zähle auf drei, wenn du dann nicht springst, komme ich hoch und wir springen gemeinsam! Alles klar? Eins... zwei... drei!!" Keine Reaktion, ausser einem kläglichen Schluchzen, ist im Stall zu hören. Der kräftige Schotte geht zielstrebig auf die Leiter zu und setzt einen Fuss nach dem anderen auf die emporsteigenden Tritte.

„Angus! Um Himmels Willen! Mach doch nicht sowas!!! Sam! Bitte!" Hailey kann nicht hinsehen, dreht sich um die eigene Achse und vergräbt ihr Gesicht in beide Hände.

Kapitel 65

Im Hause Conley herrscht hektisches Durcheinander. Alle versuchen einen klaren Kopf zu bewahren und sich zumindest darauf zu konzentrieren, wer was einpacken muss und was die nächsten Schritte sind. Bonnie und Susie sind bereit mit ihren Koffern und helfen Rosalía die Sachen der Zwillinge einzupacken. Ken hat seine Reisetasche für die Tage noch gar nicht ausgepackt und geht in die

Küche, um den Zwillingen einen Snack für unterwegs vorzubereiten. Roberto gesellt sich zu ihm, um die Details nochmals durchzugehen.

Mirjam huscht aufgeregt in ihrem Zimmer umher und Linda faltet sorgfältig die Kleider in die dafür bereitstehende Reisetasche. „Mein Schatz, du brauchst nicht so viel, wir werden nicht lange in Mexiko sein." Ruhig legt sie eine Beige T-Shirts in den Schrank zurück und beobachtet ihre Tochter, wie sie eine goldene Halskette aus dem Schmuckkästchen nimmt. Sie bleibt neben ihr stehen und legt ihr die Hand auf die Schulter. „Die ist hübsch! Habe ich noch gar nie gesehen? Hast du sie bekommen?" Mirjam nickt und sagt: „Die hat mir Skipper mal geschenkt... Aber sie war für mich immer viel zu wertvoll, als dass ich sie tragen wollte... wenn wir sie finden,... möchte ich sie ihr schenken..."

***

Nachdenklich schliesst Frank die Tür zu seinem Arbeitszimmer ab und geht durch den nun menschenleeren Raum auf seinen Schreibtisch zu. Er setzt sich auf den gemütlichen Ledersessel und öffnet die oberste Schublade. Er entnimmt ihr einen gefüllten Flachmann und legt diesen geräuschlos auf den Tisch. Ebenso stellt er ein Kristallglas dazu und schliesst die Schublade wieder sorgfältig. Er dreht behutsam den Deckel, giesst etwas Flüssigkeit in das glitzernde Glas und schliesst den Flachmann wieder. Dann öffnet er die zweite Schublade, entnimmt ihr den Revolver und legt ihn ebenso bedächtig neben das Glas. Er presst seine Lippen aufeinander, nimmt das Glas zur Hand und spricht für sich einen Toast aus: „Slàinte! Auf die Zentrale! Lieber ein Ende mit Schrecken, als ein Schrecken ohne Ende!"

Kapitel 66

Haileys und Stacys lautes Geschrei im Duett, lassen die Pferde unruhig werden in den Boxen. Sam versucht, sich ungeschickt von den Strohballen wegzubewegen, bevor Angus den Boden via die Holzleiter wieder erreicht hat. Er hat den kräftigen Stoss natürlich nicht kommen sehen und weiss noch nicht, wie ihm geschehen ist. Er bemerkt ein ungutes Gefühl, welches sich langsam in seinem Magen zusammenbraut und will noch schneller weg als zuvor. Der Alkoholpegel in seinem Blut verzögert jegliche Bewegungen und MacKay steht bereits mit gespreizten Beinen neben ihm. Auch die nächste Handlung kann Sam nicht einordnen. Er bemerkt, wie er sich durch den Stall bewegt, ohne seine Füsse zu benutzen. Die Wucht, mit welcher Angus ihn am Kragen in die Luft gehoben hat, spürt der Stalljunge erst jetzt in seinem Nacken. Er versucht, sich wie ein ertrinkender Käfer zu wehren, doch er schafft es nicht, auch nur etwas von Angus zu fassen.

„Was machst du mit ihm?! Angus Cunnigham MacKay?! Lass ihn runter! Lass ihn los! Das ist jetzt wirklich genug! Angus!! Sam!!" Haileys erfolgloses Krächzen verklingt im schottischen Hochlandwind wie eine Staubwolke. Die beiden Frauen sehen zu, wie der grosse, kräftige Schotte den mageren und wehrlosen Jungen in der Luft über den Kiesplatz trägt und beim blühenden Rosengarten unsanft absetzt. Mit grossen Schritten stampft er zur Hausmauer und entnimmt dort einen langen Gartenschlauch. Er geht auf den Trümmerhaufen am Boden zu, welcher versucht, sich aufzuraffen.

Bevor Haileys Aufschrei die Szene erreicht, verspürt Sam den ersten eisig kalten Wasserstrahl inmitten seines bleichen Gesichtes. Er ringt nach Luft und seine grünen Augen werden zu grossen Murmelkugeln. „Bitte, bitte! Stopp! Aufhöööören!!!! Nein, Angus! SIR!!! BITTE NEIN!!! Hör auf damit!!!!"

„Das nennt man eine Säuferdusche! Verstehst du?! Kannst du mich hören?!" Mit angespannten Schultern und strenger Miene blickt der Gutsherr auf den nüchtern werdenden Jungen, welcher stets versucht, aufzustehen, jedoch mit jedem erneuten Wasserstrahl am Versuch scheitert.

„Ja, JA! Ich kann alles hören! Bitte, hör auf damit! SIR Angus!!!!" Sams lautes Jammern wird immer leiser und endet mit einem herzzerreissenden Wimmern, welches Stacy zur Handlung anspornt.

„Das ist jetzt genug!" Die Tierärztin stellt sich mit ausgebreiteten Armen zwischen den bedrohlichen Gartenschlauch und dem Haufen Elend.

Angus hebt eine Augenbraue und erwidert: „Es hat genug Wasser für zwei..." Nach einem kurzen, jedoch intensiven Blickaustausch mit der Verteidigerin, lässt er die Wasserwaffe langsam sinken und blickt an ihr vorbei.

„Wenn du das noch einmal machst, nehme ich den Hochdruckreiniger! Es soll dir nicht anders ergehen, als deinem Alten!"

Kapitel 67

„Tropman! Wo steckt Tropman?!" Der Polizist erhebt sich aus seinem Stuhl und beisst in das Sandwich in seiner Hand. In der anderen hält er einen Telefonhörer, welchen er sich nun auf die Schultern legt, während er sich im Raum umsieht. Sein Arbeitskollege ihm gegenüber hebt kurz und uninteressiert die Schultern und tippt weiter auf seiner Tastatur. „Hat jemand Tropman gesehen?!" Kaum hat er die Frage erneut ausgesprochen, kommt der Gesuchte in das offene Büro und hebt interessiert seinen Kopf.

„Was hast du für mich?" Er geht auf den kauenden Beamten zu und nimmt ihm den Hörer ab. „Das ist ekelerregend, alles voller Mayonnaise!

Officer Tropman hier!" Er putzt seine Finger in der Luft und sieht seinen Arbeitskollegen erst angeekelt, dann überrascht an. „Frank Conley? ...Nein, bin ich nicht..." Er spricht diese Worte leiser und irritiert aus, während er sich geheimnisvoll im Raum voller Polizisten umsieht. „Klar könnte ich das,...aber wozu?" Tropman runzelt seine Stirn und spitzt die Lippen, bevor er ein "Ok" in den Hörer murmelt und diesen bedächtig zurück auf die Gabel legt. „Ich bin mal kurz weg, dauert nicht lange!" Er geht an seinen Teamkollegen vorbei und hört hinter sich: „Nimm dir Zeit!" Lautes Lachen ertönt, welches verstummt, als er eilig die Feuertreppe hinunterrennt.

„Was gibt's Mister Conley? Lange nicht mehr gehört! Das müssen so an die... zehn?... zwölf?... Jahre her sein?" Gespielt lässig lehnt er sich auf seinem Autositz zurück und wartet auf Conleys Stimme via die Lautsprechanlage. Ein tiefes und sanftes Lachen ist zu hören, gefolgt von der Stimme des ehemaligen Actionheldes: „Ohh, Officer Tropman... Was für ein gewiefter Polizist Sie doch sind, nicht wahr?!" Der Angesprochene legt kurz seine Stirn in Falten und bemerkt, wie ihm

Schweissperlen darüber kriechen. „Was kann ich denn nun für Sie tun, Sir?" Er streift sich den Schweiss mit dem Handrücken weg und schluckt leer.

„Sie wirken angespannt, Officer! Harter Tag gehabt?" Franks ruhige und provozierende Stimme scheint ihre Wirkung zu tun. Tropman öffnet seinen Hemdkragen um zwei Knöpfe und lockert seine Krawatte. Als könnte dies Frank beobachten, fügt er hinzu: „Einengend, nicht wahr?" Erschrocken blickt sich der Polizist um sich und atmet tief ein.

„Sir, wenn ich nichts für Sie tun kann...."

„Oh Sie können schon, Officer! Sie könnten sogar sehr viel für mich tun! Warum bringen wir die Sache nicht einfach auf den Punkt und beginnen damit zu verhandeln.., wie Sie zum Beispiel... sagen wir mal... uns dreizehn Jahre und ein Baby zurückgeben?!... Wie hört sich das für Sie an, Officer?... Wollen wir hiermit beginnen... was SIE für mich tun könnten?!" Franks Stimme wird stetig lauter, strenger und ist mit einem wuterfüllten Unterton bekleidet. Tropmans Schweiss beginnt sich dramatisch zu vermehren und rote Flecken bilden sich auf seinem Hals. Er versucht ruhig und sachlich zu klingen. „Ich weiss nicht, wovon Sie sprechen, Sir? War das denn alles? Ich habe zu tun!"

„Ich verstehe... Die Polizei dein Freund und Helfer in der Not hat viel zu tun... hmm... fragt sich nur, wessen Freund sie ist, hab' ich nicht recht, Officer?" Conleys Stimme hat nun einen sarkastischen Ton angenommen, welchen den Polizisten dazu bringt, alle seine Muskeln im Körper anzuspannen. Ein letzter Versuch, sich aus dieser unangenehmen, ertappten Situation zu winden: „Sir... ich bitte Sie zum letzten Mal..."

Kapitel 68

Zitternd und mit klatschnassen Haaren sitzt der verkaterte Stallbursche am einladenden Küchentisch. Der Duft der Leckereien, über welche er sich sonst herzhaft hermacht, pressen seinen leeren Mageninhalt bedrohlich höher und er nimmt hastig einen Schluck von der Brühe, die im Hailey vors Gesicht gehalten hat. Er verzieht angewidert sein

Gesicht und blinzelt in beschämenden Gedanken verloren. Als er die lauten und bestimmten Schritte von Angus im Flur hört, strafft er seinen Rücken und versucht, einen konzentrierten Gesichtsausdruck hinzukriegen. Er blickt geradewegs in die belustigten grünen Augen des Gutsherrn und bemerkt das gefüllte Whiskyglas in seiner Hand. Dies scheint auch Hailey zu sehen und stellt sich nahe an Sams Seite hin. „Was hast du damit vor, Angus?!" Sie legt behutsam eine Hand um Sams Schulter und drückt diese sanft.

„Bist du ein echter Schotte, Samuel Dunn?" Angus blickt seinen nervösen Mitarbeiter an. Dieser nickt zaghaft, nicht wissend, was ihn als nächstes erwartet. Doch bevor der Gutsherr weiterfahren kann mit der nächsten Lektion, mischt sich erneut Hailey ein. „Nein Angus, das kommt jetzt nicht in Frage! Du lässt den armen Jungen jetzt in Ruhe seine…"

„Seine Babynahrung beenden?!" Angus fällt seiner treuen Begleiterin ins Wort und blickt dabei Sam schmunzelnd an. „Ist das das, was du willst, Samuel? Ein schottisches Baby bleiben? Oder willst du endlich ein Mann werden und dich auch so verhalten!?" Er geht um den Tisch, stellt das Glas mit goldenem Inhalt geräuschvoll vor Sam hin und haut ihm unsanft auf den Hinterkopf. „Der beste Männergeruch ist Whisky! Doch DU stinkst nach billigem Fusel!"

Er geht zurück auf die andere Seite des Tisches und will den Raum verlassen, als er hinter sich das schluckende Geräusch von Sam hört. Er schmunzelt zufrieden vor sich hin und, ohne sich umzudrehen versucht er mit ernsthaftem Ton zu sprechen: „Sieh zu, dass dein Magen mit anständigem Essen gefüllt ist, bevor du in den Stall kommst!"

„Aber Angus, lass den Jungen sich doch erst erholen von diesem Schrecken und dem..." Hailey kann ihren Satz erneut nicht zu Ende sprechen, da hören sie Angus vom Flur her: „Seinem Suff?! Wer trinken kann, kann auch arbeiten. Und Abbey reitet sich nicht alleine!"

Kapitel 69

Der laute Knall in Tropmans Auto kam unerwartet und lässt ein Zucken durch sein Mark fahren. Ein Schuss, ganz klar und deutlich für sein geschultes Polizistenohr, das war eben ein Schuss. Er sieht sich im Auto um, als suche er eine Möglichkeit etwas festzuhalten und greift nach seinem Mobiltelefon, um es an sein Ohr zu pressen.

„Frank?! Frank Conley?! Können Sie mich hören, verdammt nochmal!?! Conley, so geben Sie doch Antwort! Scheisse! Scheisse, Scheisse... verfluchte Scheisse!!!!" Er wirft sein Telefon auf den Beifahrersitz und haut mit beiden Händen fest auf das Lenkrad!

„Du alter Bastard! Du dummer alter eingebildeter Schotte! Du saudoofer Superstar!!! Scheisse, Scheisse, Scheisse!!!!" Energisch reisst der Polizist seine Autotür auf und steigt aus. Er stützt sich am Autodach ab und atmet tief Luft ein und aus. Er stützt eine Hand in die Hüften und wischt sich mit dem anderen Ärmel den Schweiss von der Stirn. Er legt sich eine Hand auf den Mund und blickt mit zusammengepressten Lippen ins leere Auto.

Tausende von Blitzgedanken erreichen seine Denkzellen und er blinzelt hastig, um jeden einzelnen irgendwie einordnen zu können. Was sollte er als nächstes tun? Er blickt umher, als könnte er eine Antwort auf offener Strasse finden. Die Schweissbildung seines Körpers hat sich mittlerweile ausgebreitet und macht sich an seinem Hemd sichtbar. Erneut versucht er, sein Gesicht vom kalten Nass zu befreien und zieht sich nervös die Krawatte über den Kopf. Nachdem er sie ins Auto geworfen hat, blickt er zum Eingang der Polizeiwache von Coney Island und verspürt den Drang hineinzugehen.

Aber was dann? So tun, als wäre nichts passiert? Wer weiss schon, von diesem Telefonat? Modlin weiss nur, dass Conley ihn auf der Wache angerufen hat. Da muss nicht zwingend ein Zusammenhang bestehen. Ausserdem stehen die Hamptons in absolut keinem Zusammenhang mit Coney Island. Also der Zufall müsste enorm gross sein, dass irgendeine Spur zu ihm führen könnte.

Aber wer weiss noch, was Conley wusste? Wenn es einen Abschiedsbrief gibt?

Ein rasendes Auto und quietschende Bremsgeräusche reissen ihn aus seinem Vertuschungsplan. Er blickt hinter sich und sieht zwei dunkel gekleidete Männer aus einem SUV steigen und mit langen, schnellen Schritten auf den Eingang zugehen.

Mayer und Cooper? Tropmans Gesicht wird blasser und sein Herz beginnt erneut zu rasen.

Er vernimmt ein Knirschen und Rascheln aus der Ferne und blickt irritiert um sich. Langsam bückt er sich hinunter und steckt seinen Kopf ins geräuschvolle, jedoch leere Auto.

Kapitel 70

Abbey lässt sich genüsslich von ihrem neuen Besitzer die Hufe auskratzen und geniesst die erfahrenen Handbewegungen. Langsam öffnet sich die grosse Stalltür und ein heller Lichtstreifen durchflutet den grossen Holzschuppen. Ohne aufzublicken beginnt Angus zu sprechen: „Es tut mir leid,... wegen deinem Vater..." Als er Schritte auf sich zukommen hört, spricht er weiter: „Du brauchst nicht nur starke Arme und Beine, sondern einen besonders klaren Verstand. Die Kunst des Reitens ist nur ein Drittel des Könnens. Dein Kopf macht einen weiteren Teil aus." Langsam streift er mit der Hand über den graziösen weissen Rücken seiner Stute und dem hinteren Bein entlang bis zur Fessel. Er schnalzt mit der Zunge und bekommt von Abbey elegant das Eisen präsentiert. „Und den Rest macht Abbey", beendet er seine Theorielektion und kratzt ihr den Huf aus. Nachdem er dies beendet hat, erhebt er sich langsam und blickt in die verängstigten Augen von Sam.

„Aber, warum muss ich reiten? Ich hab' das noch nie gemacht und das ist morgen ein so wichtiger Auftritt für uns und... ich kann das nicht..." Mutlos und mit hängenden Schultern blickt der Stalljunge das grosse Pferd an und zieht geräuschvoll Luft durch die Nase.

„Ich darf nicht weg vom Hof für einige Tage, deshalb übernimmst du das morgen für mich! Miss

Stacy und Hailey werden dich begleiten. Und du hast recht, das ist wichtig morgen, also reiss dich gefälligst zusammen! Und jetzt hol Abbeys Sachen und mach sie bereit!" Angus legt das Pferdewerkzeug in die dafür vorgesehene Kiste zurück und hebt sie vom Boden. Sam blickt ihn verwundert an und rührt sich keinen Schritt. „Wie meinst du das, du darfst nicht vom Hof, Sir?"

„Die meinen, ich hätte deinen A..., deinen Vater umgebracht..." Er versucht, den Burschen nicht anzublicken, bemerkt jedoch im Blickwinkel, wie dieser kurz zusammenzuckt.

„Aber das stimmt nicht! Hast du das denen denn nicht gesagt!?" Überraschend laut und energisch kommen diese Worte über Sams Lippen und Angus bemerkt die geballten Fäuste.

„Das habe ich sehr wohl, mein Junge." Der grosse Schotte geht langsam am feingliedrigen Jungen vorbei und legt ihm von der Seite her eine beruhigende Hand auf die zitternde Schulter. „Es hat mich jemand gesehen, sagen sie. Aber mach dir keine Sorgen, die können uns nichts anhaben."

„Können sie nicht?" Der nervöse Stallknecht blickt Angus seitlich an und schluckt leer.

„Nein, können sie nicht, weil wir nichts Unrechtes getan haben, Sam! Und jetzt geh und hol Abbeys Sachen!" Mit energischer Handbewegung weist er ihm die Richtung und stellt die Box zur Seite. Nachdenklich schaut er Sam nach, wie dieser mit langsamen Schritten zum Materialraum geht und verschränkt seine Arme vor der Brust. Er füllt seine Lungen mit einem tiefen Atemzug und lässt die Luft geräuschvoll wieder raus.

„Oh Abbey!... Ich hoffe, das ist der letzte MacKay Schicksalsschlag..."

Kapitel 71

Lautes Frauengeschrei und aufgeregte Männerstimmen scheinen von weither ins Innere von Tropmans Auto zu gelangen. Er vernimmt nun deutliche Rufe durch seinen Lautsprecher und greift hastig nach seinem Mobiltelefon auf dem Beifahrersitz.

„Scheisse! Diese verfluchte Verbindung steht noch!" Kaum ausgesprochen, wollte er mit dem Finger die Austaste drücken. Da hört er eine tiefe, warme Männerstimme deutlich in die Muschel sprechen: „Eingebildeter Schotte? Nanana... tststs... spricht man so mit einem saudoofen Superstar?" Frank Conleys Stimme hallt in einem Bariton durch das Wageninnere, als käme sie von einem anderen Planeten. Aus Tropmans Gesicht weicht nun die restliche Farbe und seine zittrigen Schweisshände senken das Telefon langsam auf seinen Schoss.

„Ich bin schon etwas enttäuscht Officer....na, was solls... ich würde ja gerne noch etwas mit Ihnen plaudern, Officer. Aber Sie hören ja, ich muss gleich meine Familie beruhigen. Der Schuss hat eben einen schrecklichen Knall gegeben... wie Sie sicherlich auch bemerkt haben... auweia, und ein schreckliches Loch in meine Decke.... abgesehen davon, haben Mayer und Cooper sicherlich schon den Weg zu Ihnen gefunden in der Zwischenzeit. Jetzt geht's zur Abrechnung, mein Freund! Hasta luego!" Das laute Knacken im Lautsprecher versetzt dem erstarrten Polizisten einen kurzen Ruck.

Tropmans Augen wandern langsam zum Rückspiegel hinauf und seine rechte Hand greift nach dem Revolver in seinem Brusthalfter. Er nimmt ihn behutsam heraus und spannt den Hahn zur Ladung. Noch immer fixiert sein Blick den Eingang der Polizeiwache hinter seinem Auto, während er ohne hinzublicken eine Kurzwahltaste auf seinem Mobiltelefon drückt. Das laute Klingeln erfüllt seinen Wagen geräuschvoll, bis es durch ein Klicken unterbrochen wird, gefolgt von einer energischen Flüsterstimme.

„Was soll das?! Spinnst du?! Du sollst mich doch niemals anrufen, ausser... ahhh... verfluchter Mist!!!!" Die Männerstimme mit Schweizerakzent verstummt augenblicklich und der Sprecher legt auf.

Mit einem Satz rennen die beiden FBI Agenten aus dem Gebäude auf den Gehweg und blicken von der einen zur anderen Seite. Cooper erblickt Tropmans Auto zuerst und tippt Mayer mit der Hand auf den Arm. „Da! Ich glaube, er sitzt drin." Langsam gehen die beiden bewaffneten Agenten auf das ruhig wirkende Auto zu.

Hastig öffnet Cooper die Fahrertür und flucht laut: „Das gibts doch nicht!! Elender Mistkerl! Schnell, ruf 911 an!"

Kapitel 72

„Angus?! Telefon für dich!" Hailey kommt hastig und wie immer in kurzen Schritten auf den Trainingsplatz gelaufen. Sie hält in ihrer Hand ein in die Jahre gekommenes, kabelloses Telefon und hält es in die Luft. Der Angesprochene lässt keinen Blick von Sam auf der weissen, graziösen Stute und nickt zufrieden.

„Angus, hörst du mich denn nicht? Du hast einen Anrufer. Besser gesagt, eine Anruferin! Gleich hier, schau her!" Aufgeregt und ausser Atem hält ihm Hailey den Apparat hin und blinzelt freudig in die Sonnenstrahlen! Angus wirft einen kurzen, vernichtenden Blick darauf und schüttelt kaum merklich den Kopf. „Ich habe keine Zeit." Er wendet seine Aufmerksamkeit wieder dem Reiter zu und spitzt seine Lippen.

„Angus, du stehst doch bloss hier! Es ist bestimmt wichtig! Willst du denn gar nicht wissen, wer dran ist?" Hailey winkt erfreut mit dem Telefon und hebt fragend die Augenbrauen.

„Nö, will ich nicht." Uninteressiert geht er ein paar Schritte weg von ihr und stützt sich am neuen Ort wieder auf die Absperrung.

„Na dann!" Hailey hebt ihre Schultern und hält sich den Hörer ans Ohr. Um sicher zu stellen, dass Angus sie hören kann spricht sie laut und übertrieben silbenbetont: „Tut mir leid, Mrs Graham, aber Mister MacKay hat gerade keine Zeit. Sie verstehen, so kurz vor dem grossen Tag?!... Ja, tut mir wirklich leid... aber ich bin mir sicher, Sie finden ein anderes Gut, deren Besitzer bereit sind, für die ZEITUNG ein kurzes Interview zu geben... ja... Es gibt ja SOOO viele tolle Höfe hier in der Umgebung...!" Während sie dies in die Muschel spricht, bemerkt sie, wie Angus seinen Kopf langsam hin- und herwiegt. Er strafft seinen Rücken, streckt den Arm in ihre Richtung, ohne hinzublicken und seine offene Hand winkt sie her.

„Oh, warten Sie kurz Mrs Graham... Ich sehe, er hat nun doch eine Minute für Sie gefunden! Viel Freude wünsche ich Ihnen morgen am Turnier! Ich werde nach Ihnen Ausschau halten, damit wir auf keinen Fall vergessen, ein Foto zu machen!" Mit strahlendem Gesicht händigt die kleine Schottin den alten Knochen an Angus weiter und klatscht leise in die Hände. Sie wirft einen Blick auf Sam und Abbey und bekreuzigt sich mit den Flüsterworten: „Beschütze unseren Jungen!"

Um Angus nicht offensichtlich zu belauschen, nimmt sie eine kleine Schere aus ihrer Spitzenschürze und schneidet einige Blumen am Zaun ab und hält sie in einem Strauss zusammen. Sie beisst sich auf die Unterlippe, als sie ihren grossen Schützling sagen hört: „Natürlich bleibt dies eine Familientradition des MacKay Clan und unser Nachwuchsreiter ist Sam Dunn, mein Cousin."

Kapitel 73

„Dad?! Was war das?! Geht es dir gut?!" Ken rennt auf seinen Vater zu, gefolgt von Linda und dem hinkendem Roberto. Mit aufgerissenen Mündern und grossen Augen stehen sie neben dem ruhig dasitzenden Conley Senior und Ken tastet dessen Brust ab. Roberto geht ebenfalls zu ihm hin und nimmt sein Handgelenk in seine Hand. Doch Frank weist beide von sich, steht langsam auf und geht auf Linda zu, welche wie erstarrt mit beiden Händen vor dem Gesicht dasteht. Er nimmt langsam ihre Hände von ihrem Gesicht, öffnet ihre Arme und geht dicht an sie heran. Er nimmt ihren Kopf und legt ihn an seine Brust, umarmt sie an den Schultern und muss nur wenige Sekunden warten, bis er ihr leises Schluchzen spürt.

„Jaa... gut so... ich wusste, das musste mal raus...." Er küsst sie liebevoll auf den Kopf und streicht ihr beruhigend über den Rücken. Eine Geste, welche er vor langer, langer Zeit so oft gemacht hat.

„Frank? Was geht hier vor?" Roberto blickt von den zwei Umarmenden zu Ken, welcher sich auf den Stuhl gesetzt hat und sich vom ersten Schock erholt. Er zuckt mit den Schultern und fragt ebenfalls: „Dad? War das eben ein Schuss?"

„Ja, mein Junge, das war ein Schuss. Ein so genannter 'Start-Schuss' für einen alten Bekannten von Linda und mir." Bei diesen Worten löst sich diese mit verweintem Gesicht aus Franks Armen und snifft Luft durch die Nase. Sie nimmt ein Taschentuch aus ihrer Caprihosentasche und tupft sich die Tränen ab.

„Wen meinst du?" Sie blinzelt ihren einstigen Retter und nun besten Freund an.

„Du erinnerst dich an den Polizisten im Coney Island?" Frank legt ihr beide Hände auf die Schultern und blickt sie eingehend an. Als sie nickt und ihre Stirn runzelt fügt er hinzu: „Er wird uns jetzt auf direktem Weg zu deinem Mädchen führen!" Bestimmt und um seiner Aussage mehr Kraft zu verleihen, drückt er ihre Schultern.

„Nein, wird er nicht..." Susan Manders, die noch immer beste Empfangsdame vom Coney Island Krankenhaus in New York, steht in der offenen Tür und hebt ihr Mobiltelefon in die Luft. Langsam nimmt sie es wieder in beide Hände und blickt ernst in die überraschte Runde. „Ich habe eben einen Anruf vom Coney Island bekommen...Notfall…" Bei diesen

Worten schaudert es Linda am ganzen Körper und Frank hält sie sogleich fest im Arm.

Susan geht in den Raum, setzt sich auf die lederne Couch an der Wand und blickt zu Frank hoch. „Tropman hat sich die Kugel gegeben..." Linda hält sich die Hand vor den Mund und blickt entsetzt zu Frank hoch.

„Aber,...ich verstehe nicht..." Irritiert wartet sie auf seine Reaktion, welche zum Erstaunen aller sehr gelassen ausfällt. Er spitzt seine Lippen und gibt einen lediglich leicht erstaunten Laut von sich: „Hmm... Hätte nicht gedacht, dass seine Gewissensbisse so gross sind..."

„Dad?! Wie kannst du...?!" Entsetzt erhebt sich Kenneth aus dem Ledersessel und geht auf Susie zu. Er setzt sich neben sie und fragt aufgeregt: „Haben sie dir sonst noch etwas gesagt?!"

Manders schüttelt den Kopf und schenkt Frank einen vorwurfsvollen Blick.

Kapitel 74

Langsam rollt ein Polizeiwagen auf den Kiesplatz durch die Einfahrt. Die Fahrer- und Beifahrertür öffnen sich und Angus erblickt zuerst seinen alten Schulkameraden.

„James, lange nicht gesehen!", bemerkt er sarkastisch gelassen und hebt verwundert seine Augenbrauen, als er die Frau wiedererkennt, welche ebenfalls aus dem Polizeiauto gestiegen ist.

„Und ich sehe, du hast eine Komplizin mitgebracht! M'lady!" Er senkt übertrieben theatralisch seinen Kopf zum Gruss und steckt sich beide Hände in die Hosentaschen. Der Polizist wirft der Frau einen kurzen Blick zu, dann geht er auf den Gutsherrn zu.

„Guten Tag Angus, ihr kennt euch also?" Seine Frage klingt eher nach einer Bestätigung und er will Angus die Hand zum Gruss reichen. Dieser ignoriert diese Geste gekonnt und sein Blick weicht nicht von Stacy.

„Kennen ist wohl masslos übertrieben, wie ich bemerken darf!" Er spitzt seine Lippen und sieht den Polizeibeamten schmunzelnd an. „Kontrollbesuch?"

„Kommt darauf an, wie mans nimmt. Miss Rowan kam zu mir aufs Revier und hat für dich ausgesagt. Und ich wollte sicher gehen, dass ihr euch kennt...respektive, ob sie hier zu Gast war, an jenem Abend."

Just in diesem Moment kommen Hailey und Sam aus dem Haus. Sam trägt beige Reithosen, einen eleganten Sacco in Dunkelgrün und braune Reitstiefel. Beide wirken überrascht, die Polizei und Stacy anzutreffen, grüssen jedoch höflich.

„Mein Liebes, schön Sie hier zu sehen, ist alles in Ordnung?" Hailey geht interessiert und besorgt zugleich auf Stacy zu und nimmt deren Hand in ihre beiden. Sie blickt den Polizisten distanziert an und fügt hinzu: „James, benötigen Sie noch etwas von uns?"

„Nein Miss Hailey, es hat sich soeben alles geklärt. Und ich bemerke mit Freuden, dass MacKay morgen vertreten sein wird. Hallo Sam! Ich hoffe, es geht dir gut?" Der erleichterte Polizist winkt Sam zu und geht mit bestimmten Schritten zu seinem Auto zurück.

„Wollen Sie wieder mit mir ins Dorf fahren oder bleiben Sie hier, Miss Rowan?" Beim Öffnen der Fahrertür schenkt er ihr einen fragenden Blick und steigt kurz danach ein, als er ihren Blick zu Angus bemerkt hat.

Kapitel 75

Ein Koffer nach dem anderen wird vor aller Augen in den schwarzen SUV eingeladen. Frank umarmt Mirjam herzlich mit den Worten: „Pass gut auf deine Eltern auf, Lassie! Und sieh zu, dass Susie mir treu bleibt und nicht mit allen Mexikanern flirtet!" Er lacht dabei auf und küsst das Teenagermädchen auf die Stirn.

„Mach ich, Skipper! Auch wenn ich zu bezweifeln mag, dass diese Männer nach ihrem Geschmack sind!"

„Pha, da können sie in der mexikanischen Sonne schmoren, bis ich auf eine solche Idee käme!" Energisch geht Susan an den beiden vorbei und schenkt Frank einen strengen Blick.

„Du weisst, dass ich es nicht ok finde, was du getan hast!" Bedrohlich hebt sie den Finger und fügt hinzu: „Auch wenn er nun von seinen Schuldgefühlen befreit ist,... DU, mein Lieber aber, hast dir jetzt neue aufgeladen... Du hattest kein Recht dazu, ihn so in die Ecke zu treiben! Aber das werden dir die beiden Herren in Anzügen ja bald selber berichten!" Sie wirft ihre Hand über die Schulter zum Abschiedsgruss und steigt in die bereitstehende Limousine ein. „Hasta la Vista, Baby!"

„Bis bald, meine Lieben! Und ruft mich an, sobald Ihr im Hotel seid!" Frank winkt seinen Freunden zu und sieht dem abfahrenden SUV nach.

Ken tritt neben ihn und fasst ihn bei der Schulter. „Und du bist sicher, dass wir nicht noch einen Tag warten sollen? Du brauchst vielleicht doch einen Anwalt und Angus ist vorerst aus dem

Schneider. Er hat ein Alibi bekommen." Frank winkt mit der Hand ab.

„Nein, Ihr geht jetzt schon mal vor. Bonnie muss aus lauter Nervosität alle fünf Minuten aufs Töpfchen, das können wir ihr nicht noch länger antun. Ich komme hier ganz gut alleine klar. Mayer ist ein guter Cop! Wir nageln diesen Simon jetzt ein für alle mal ans Kreuz!"

Die beiden grossgewachsenen Männer umarmen sich zum Abschied und werden vom Lachen des Nachwuchs unterbrochen. „Bye Baba! Wir fliegen schon wieder in die Ferien!" Die Zwillinge umfassen je ein Bein von ihrem Grossvater und sehen freudig zu ihm hoch.

„Au weia, Ihr seid ja Glückspilze! Na dann los, ab mit euch in die Karre!"

Rosalía umarmt ihn ebenfalls. „Mach keine dummen Sachen! Wir brauchen dich bald in den Highlands, ok?"

Als Bonnie mit einem Abschiedsblick aus dem Haus zu ihm kommt, öffnet er die Arme weit und umfasst sie. Überrascht und verlegen versucht sie sich zu befreien, was ihr jedoch nicht gelingt und sie schnaubt: „Lass mich los, Frank! Ich kriege hier unten keine Luft und du zerdrückst meine Frisur!" Der grosse Schotte lacht auf und lässt von ihr ab.

„Du klingst schon jetzt, wie deine Schwester! Macht, dass ihr wegkommt!"

Kapitel 76

Stacy bricht das Schweigen am Tisch und blickt dabei Angus an. „Du dachtest allen Ernstes, ich würde dich hängen lassen?" Als wie erwartet keine Reaktion von ihm kommt, steckt sie ihre Gabel in ein Stück Kartoffel und streicht mit dem Messer etwas Butter darauf.

„Liebes, das war so unglaublich tapfer von Ihnen, zur Polizei zu gehen und auszusagen! Ich bin mir sicher, dass Angus..." Ein lauter Knall unterbricht sie und erschreckt alle, ausser den Verursacher.

Angus reibt sich die Hand, welche er soeben mit voller Wucht flach auf die Tischplatte gehauen hat. Zornig blickt er seinen Gast an und schnaubt: „Was um alles in der Welt fällt dir ein, dich in unsere Familienangelegenheiten einzumischen?! Du gehörst nicht dazu, verstehst du?! Ich habe keine Ahnung, was du im Schilde führst! Aber nur, weil meine ADOPTIV-Schwester deine verschissenen Windeln gewechselt und dir das Sprechen beigebracht hat, gibt das dir noch lange kein Recht, dich hier reinzudrängen und dich als Heldin aufzuspielen! Sobald du den letzten Bissen runtergeschluckt hast, verlässt du mein Haus, meinen Hof und unser Leben! Du bist nicht länger willkommen auf MacKay!"

Er reisst sich die Serviette vom Schoss, schmeisst sie auf den Tisch, rückt den Stuhl zurück und geht zur Tür. Bevor er den Raum verlässt, bleibt er stehen und sagt mit wieder ruhiger und sachlicher Stimme: „Sam, du schläfst heute im blauen Zimmer. Trink nicht zuviel, damit du gut schlafen kannst. Wir sehen uns um vier im Stall."

Als sie die Tür ins Schloss fallen hören, wagen sie wieder zu atmen. Stacy lässt ihren Tränen freien Lauf und sie schluchzt in die Serviette. Hailey steht husch auf und geht zu ihr hinüber, um sie zu trösten. Sam steckt seine Gabel in ein Stück Fleisch und führt es zum Mund. Bevor er es hineinschiebt, bemerkt er mit einem schelmischen Schmunzeln: „Er mag Sie gut leiden, Miss Stacy! Er hat bloss Schiss, dass Sie auch in Schwierigkeiten geraten!"

Kapitel 77

Es dauert länger, als erwartet, bis es an dem Einfahrtstor klingelt. Ohne auf die Kameras zu blicken, öffnet Frank die Tore zum Einlass und geht durch die Eingangstür hinaus. Der schwarze SUV mit verdunkeltem Panzerglas rollt um den bepflanzten Springbrunnen und hält vor der Treppe an. Die Beifahrertür öffnet sich und Cooper steigt mit ernster Miene aus.

„Sir!" Er nickt kurz mit dem Kopf, geht auf Frank zu und reicht ihm die Hand zum Gruss. Conley zögert erst, nimmt sie, drückt fest zu und erwidert den Gruss. In der Zwischenzeit ist auch Mayer bei ihnen angekommen und tut es den beiden gleich. Er blickt Frank dabei ernst an und hebt eine Augenbraue.

„Sie schulden dem Staat einen Polizisten, Sir!"

Frank lässt ab und weist den beiden Anzugträgern den Eingang. „Bitte, lassen Sie uns die hässlichen Details drinnen besprechen." Er folgt den beiden ins Haus und blickt verdächtig, wenn auch aus beruflicher Gewohnheit, hinter sich.

„Limonade gefällig? Meine Bonnie macht die absolut beste auf diesem Planeten! Und einen Whisky darf ich Ihnen ja wohl kaum anbieten, nicht wahr?" Frank greift nach zwei langen Gläsern und giesst von der hellen Flüssigkeit aus der Karaffe ein. Als er Mayer das Erste davon reicht, beginnt dieser mit dem Gespräch: „Sir, Ihre Nummer war die letzte auf der Anrufliste von Tropman. Ich gehe davon aus, dass Sie wissen, was geschehen ist?" Er nimmt einen Schluck aus dem Glas und nickt bestätigend.

„Ich habe keine Ahnung, was passiert ist, Agent Mayer! Ich schwöre es! Ich habe Tropman angerufen, das ist richtig, musste mich dann aber von meiner Familie verabschieden. Sie sehen ja, das Haus ist leer, alle weg!" Er unterstreicht seine Aussage mit weitausgebreiteten Armen.

„Tropman hat sich erschossen... in seinem Auto!... Worüber haben Sie denn mit ihm gesprochen, Mister Conley?! Wir hatten eine Abmachung!" Etwas energischer mischt sich Cooper ins Gespräch ein und stellt das noch volle Glas auf den Tisch neben ihnen. Er stützt beide Hände in die Hüften und fährt fort: „Ist Ihnen eigentlich klar, dass er unser einziger Schlüssel zu Zimmermann war?"

Frank setzt sich mit seinem Glas auf einen Stuhl an der Bar und nimmt einen genüsslichen Schluck daraus.

„Hmm...", beginnt er nachdenklich zu antworten, „wenn dem so ist, Agent Cooper, frage ich mich, weshalb mich sogar das FBI anlügt?!" Ein weiterer Schluck und einen fragenden Blick an die beiden Beamten.

„Ich verstehe nicht.", antwortet Mayer darauf und geht auf Frank zu.

Dieser zeigt mit dem Finger auf den anderen FBI Agenten und sagt: „Fragen Sie Ihren Freund hier!"

Kapitel 78

Nervös geht, der für den Parcours gekleidete Sam, im Stall auf und ab. Immer wieder schüttelt er den Kopf und murmelt unverständliche Worte vor sich hin. Ein lauter Knall lässt ihn hochschrecken und er rennt aus dem Stall. In der Morgendämmerung kann er nur vage etwas erkennen und fragt zaghaft: „Angus?! Sir? Bist du das?" Er geht vorsichtig ein paar Schritte weiter, bis der zweite, nun klar hörbare Schuss abgefeuert wird!

„Angus Cunnigham MacKay! Du Hurensohn! Ich weiss, was du getan hast und da wird dir auch Conley nicht helfen können! Scheissegal, wieviele Moneten der schiebt und wie bekannt seine Visage ist! Das ist immer noch Schottland und wir lassen uns nicht kaufen! Wo bist du, du Bastard!?" Ein weiterer Schuss wird abgefeuert, bis Sam die schwere Holztür vom Haus hört. Er kann noch immer nichts erkennen, und doch kommt ihm die brüllende Stimme bekannt vor. Zitternd, wie eingefroren, bleibt der Reiter stehen und wartet auf eine nächste Reaktion in der Dämmerung. Die Lichter in den Schlafzimmern brennen hell und er erkennt Hailey an einem Fenster stehen.

„Was soll das?! Hast du heute nichts Besseres vor?" Angus kommt in Cordhosen und Strickpullover aus dem Haus. Mit beiden Händen in den Hosentaschen geht er ruhig auf den Besucher zu, als würde er ein wildes Pferd beruhigen wollen.

„Moment, stimmt, du hast kein gutes Pferd, welches heute reiten könnte... Wie schade, dass du Abbey nicht kaufen konntest. Sie wird mir heute den gesamten Pot einbringen... Aber das weisst du bestimmt auch schon... Ich wusste nicht, dass du so belesen bist und die Zeitung abonniert hast?!" Er bleibt vor dem Gewehrträger stehen und Sam kann nun erkennen, dass es sich um Ian MacDonald handelt, den besten und einzigen Freund seines Vaters.

„Hör zu.", Angus nimmt seine Hände langsam aus den Hosentaschen und geht ganz dicht an den nun schnaubenden Eindringling heran. Er fasst ihn am offenen Jackenkragen, blickt auf ihn hinab und flüstert bedrohlich: „Du solltest deine Hirngespinste für dich behalten, sonst ergeht es dir womöglich wie dem alten Dunn. Jetzt mach, dass du wegkommst, sonst werde ich gerne in einem Monat bei dir vorbeischauen mit Conley im Anhang! Und du weisst, das wird nicht schön enden für dich!" Er gibt dem Angetrunkenen einen Schubs und blickt Sam an.

„Alles klar, mein Junge! Sir MacDonald wollte nur sicher gehen, dass ich einen qualifizierten Reiter an den Wettkampf schicke heute!"

Kapitel 79

„So kommen wir nicht weiter, Sir! Was hatten Sie vor?" Mayer blickt von Cooper zu Frank und will fortfahren, als ein Mobiltelefon klingelt. Mayer blickt zu Cooper, der mit rascher Geste in seine Innentasche greift, das geräuschvolle Gerät herauszieht und eine Taste drückt, um es auszuschalten. Er steckt es versucht lässig wieder zurück und sieht die vier Augen an, die auf ihn gerichtet sind. „Sorry, das ist mein Privates. Ich habe vergessen es stumm zu schalten."

Frank erhebt sich und geht langsam und nachdenklich auf den FBI Agenten zu. Kurz vor ihm bleibt er stehen und blickt den Mann an, der fast so gross wie er selber ist.

„Vielleicht sollten Sie Zimmermann gleich herbestellen und auf eine Limonade zu uns einladen. Ich bin sehr gastfreundlich, sollten Sie wissen." Sein bedrohlicher Unterton fordert Mayer dazu auf, auf die beiden zuzugehen und sich dicht neben sie zu stellen. Coopers Hand bewegt sich langsam wieder zu seiner Jacke hin, als Conley reagiert: „Das wiederum sollten Sie lieber lassen, Agent. Warum helfen Sie uns nicht einfach aus diesem verdammten Schlamassel raus und beenden die Sache, wie ein Mann!?... Ohne Würde, versteht sich... in Ihrem konkreten Fall!"

Mayer blickt seinen Teamkollegen fragend an. Doch bevor dieser blinzeln kann, hat ihn Frank auf den Boden geworfen, sitzt ihm auf den Rücken und hält seine Arme gekreuzt.

„Verdammter Mistkerl! FBI! Dass ich nicht lache! Und in all diesen Jahren haben Sie uns alle zum Narren gehalten! Wer steckt sonst noch dahinter?" Frank Conley brüllt den Mann unter sich an und seine Ader auf der Stirn droht zu platzen.

Mayer hat die Situation mittlerweile auch erfasst und steht breitbeinig, die gezogene Waffe auf Frank gerichtet, neben ihm.

„Cooper?! Conley?! Verdammt! Was geht hier vor!? Wovon spricht er? Machen Sie keinen Scheiss, ich will nicht abdrücken! Lassen Sie ihn langsam los. Erheben Sie sich Conley, ganz langsam…!"

Frank bewegt sich keinen Millimeter, sondern spricht bedrohlich zum Kopf am Boden: „Komm schon, sag deinem treuen Begleiter, was dahinter steckt! Und lass kein Detail aus! Ich habe Zeit und will die ganze Geschichte hören!"

Kapitel 80

Siegessicher und doch etwas wehmütig sieht Angus dem Jeep mit Pferdeanhänger nach, wie er vom Hof fährt. Haileys Hand winkt aufgeregt aus dem geöffneten Beifahrerfenster und Sam betätigt die Hupe zum Abschied.

„Dummer Junge! So machst du doch Abbey nur noch nervöser!", flucht der Gutsherr vor sich hin, winkt dann aber ebenfalls kurz zurück. Er dreht sich um und geht auf die Stallung zu. Er nimmt das Halfter und greift nach dem Sattel. Ein Ausritt zu den Klippen würde ihm gut tun und Aaron wird sich ebenfalls danach sehnen. Ihre Zweisamkeit kam viel zu kurz und Angus hat ihm so einiges zu berichten. Vor allem die Geschichte mit Stacy will ihm nicht die Ruhe gönnen, die er sich erhofft hat.

Ob er zu schroff mit ihr umgegangen ist? Er schüttelt den Kopf. Jetzt steht der Parcours im Zentrum und nichts anderes! Genau deshalb sind solche Frauengeschichten nichts für ihn. Die halten einem nur vom Wesentlichen ab und führen nirgendwohin, ausser... naja... vielleicht zu einer Familie eben. Aber wer braucht schon eine Familie, wenn sie dann dermassen verkorkst ist, wie sein eigener Clan! Und wie es aussieht, wird das gerade zur Zeit auch nicht besser. Zumindest, bis sich die Sache mit dem mysteriösen Sturz gelegt hat.

Angus tritt nahe an seinen Hengst heran und wirft ihm den Sattel auf den Rücken. „Weiber! Stimmt's mein Junge? Die bringen einem nur Ärger! Was hat sie sich bloss dabei gedacht?!"

Er bindet den Gurt fest und will die Zügel befestigen, als er ein Geräusch wahrnimmt, welches nicht ohne Fremdeinwirkung ausgelöst worden sein kann. Überprüfend streckt er seinen Kopf aus der Pferdebox und blickt geradewegs in die schönen Augen der Tierärztin.

„Dieses Weib dachte sich, wir sollten dies besser unter vier Augen klären." Sie macht einen Schritt auf den verblüfften, grossen Schotten zu und legt eine Hand auf den Hengst. Sie nutzt den Moment seines Schweigens und drängt ihn etwas weiter in die Box zurück, während sie weder Hand noch Blick vom schönen Tier wendet.

„So einfach wirst du mich nicht los, du sturer Bock!" Zum ersten Mal seit ihrer Begegnung sieht sie ihn mit einem Blick an, den Angus Cunnigham MacKay nicht einordnen kann, ihn deshalb nervös und unsicher macht.

Kapitel 81

Frank Conley nimmt den vibrierenden Blackberry aus seiner Hosentasche und nimmt den Anruf entgegen. „Hey, mein Junge. Wo seid ihr?" Er nickt etwas geistesabwesend. „Ja, sie waren bei mir.... Alles bestens... Nein, keine Zwischenfälle... Sobald mir Mayer Bescheid gibt, informiere ich Linda und Rob. Das kann sich nur noch um Minuten handeln, die Suppe ist jetzt am Überkochen... natürlich nicht! Wir kommen bald alle nach, versprochen! Gib Bonnie und den Zwillingen einen Kuss von mir! Rosa natürlich auch! Guten Flug, mein Junge!" Er drückt die Austaste und blickt den Mann vor ihm auf dem Stuhl an.

Er schüttelt den Kopf und spricht zu ihm: „Es gibt ein schottisches Sprichwort: 'Kauf einen Dieb vom Galgen los und er wird helfen, dich zu hängen!'... Sie werden auf offenem Platz geschlachtet, Cooper... aber ich denke, das ist Ihnen bewusst! Kein Geld der Welt kann Ihr verschissenes Gefühl jetzt wieder gut kaufen, nicht wahr? War es das wirklich wert? Sie konnten die verdammte Kohle ja nicht einmal ausgeben?! Oder was haben Sie damit gemacht?

Eine Villa auf den Bahamas für den wohlverdienten Ruhestand gekauft?!" Er kickt mit dem Fuss an den Stuhl, als würde dies den gefesselten Agenten zum Reden bringen. Mayer kommt wieder in den Raum zurück und blickt seinen langjährigen Teamkollegen ebenfalls enttäuscht an.

Er spricht jedoch zuerst zu Conley: „Wir wissen, wo er ist!" Und an seinen Kollegen gerichtet: „Scheisse Cooper, echt!? Was hast du dir dabei bloss gedacht? Wieviele Babys waren es?... Nein, ich will es gar nicht wissen...! Noch nicht! Ich muss jetzt versuchen, wenigstens einen minimen Teil unserer Ehre wieder herzustellen… verflucht, scheiss auf die Ehre, Scheiss auf dich Cooper… Ich dachte, dich zu kennen…"

Er spuckt verachtend vor die Füsse des kriminellen Agenten und wendet sich wieder Conley zu. „Entschuldigen Sie, das war ein Reflex und äusserst unprofessionell. Ich wische das gleich wieder auf. Rufen Sie jetzt Mrs Steiner an. Linda. Ich muss mit ihr sprechen!" Sein scharfer Tonfall verrät Frank, dass seine Worte an Ken nicht übertrieben waren und er spürt, wie sich langsam Ketten beginnen zu lösen, die seit Jahren in seiner Brust einen Knoten gebildet haben.

„Lassie, gib mir Mama ans Telefon! Jetzt, Mirjam... Es ist dringend!... Nein, sie soll nicht ins Hotel einchecken! Sie muss JETZT ans Telefon!"

„Mrs Steiner? FBI Agent Mayer am Apparat. Wo genau sind Sie?"

Kapitel 82

Nachdenklich sitzt Angus in seinem Sessel vor dem lodernden Feuer und schwenkt sein Whiskyglas. Er schmunzelt kurz, räuspert sich dann und nimmt einen Schluck aus dem Glas. Das laute Knirschen auf dem Kiesplatz erobert seine Aufmerksamkeit und mit einem Satz steht er auf. Er schreitet hastig aus dem Wohnzimmer, zur Tür hinaus und bleibt auf der untersten Stufe stehen. Der Jeep fährt an ihm vorbei zu den Stallungen und er wirft die Arme in die Luft.

„Dummer Junge! Wo bleiben deine Manieren!" Rasch geht er hinter dem Pferdeanhänger her und direkt auf die Fahrertür zu, als das Gefährt anhält. Er reisst die Tür auf und blickt erwartungsvoll den Jungen hinter dem Steuer an. Für einen kurzen Augenblick sehen sie sich schweigend an, dann grinst Sam bis über beide Ohren und hebt mit der linken Hand eine glänzende Medaille am Seidenband hoch.

Der kräftige Schotte reisst seinen Cousin aus dem Jeep und hält ihn am Jacket in die Luft. „Du hast es geschafft!!! Ich bin stolz auf dich, du dürres Hungergestell!!" Unsanft lässt er ihn auf die Füsse plumpsen und umarmt ihn kurz aber so heftig, dass es Sam für eine Sekunde den Atem raubt. Freudig blickt er Angus an und nickt verlegen.

„Danke, Angus... Sir!... Das bedeutet mir die Welt!... Aber es war nicht allein mein Verdienst. Abbey war grossartig, sie..." Er sieht stolz um sich und bemerkt, wie Hailey sich langsam und mit ernstem Blick auf die Beiden zubewegt. Er lässt seinen Satz unvollendet in der Luft hängen und blickt die kleine Schottin an. Diese stellt sich direkt vor Angus hin und bevor er sie grüssen kann, haut sie ihm ihre Handtasche in die Seite.

„Au!!! Wofür war das denn?!" Angus macht einen grossen Schritt weg von ihr und fasst sich mit der Hand an die Stelle, welche sie eben getroffen hat.

Mit zischendem Ton beantwortet sie seine Frage: „Denkst du, es ist nicht schon beschämend genug, ohne dich dort anwesend zu sein?! Nein, ich musste mir von mehreren Leuten, einschliesslich der Zeitung anhören, ob der ach so grosse und einzigartige Angus Cunnigham McKay mit seinem Gewinnerpferd Abbey wohl zu fein wäre, das klingelnde Telefon abzuheben und sich über seinen Gewinn informieren zu lassen! Denkst du, sowas ist angenehm?! Habe ich dich denn wirklich so verzogen und verwöhnt, dass du zu fein dafür bist, einen Hörer von der Gabel zu nehmen?!" Erneut will sie ihn mit der Handtasche erwischen, als eine liebevolle Stimme hinter ihr, sie davon abhält.

„Miss Burns! Nicht schlagen bitte! Es tut mir sehr leid! Das ist ganz allein meine Schuld! Er konnte wegen mir, das Telefongespräch nicht entgegen nehmen..."

Kapitel 83

Die drückende Hitze Mexikos lässt allen drei Fahrgästen grosse Schweissperlen aus den Poren drücken. Sie sitzen schweigend, nervös und angespannt auf dem Rücksitz des Taxis. Mirjam, die in der Mitte sitzt, versucht sich vorzustellen, wie diese erste Begegnung gleich ablaufen könnte. Sie kann es noch nicht fassen, was in den letzten 48 Stunden ihres noch so jungen Lebens geschehen ist. Wie alles, was bis anhin so normal war, nicht mehr dasselbe sein wird. Sie hat eine Schwester... oder ist es eine Halbschwester? ...Wie würde man ihre Beziehung nennen? Eigentlich ist sie selber ja das adoptierte Kind... Aber auch nicht offiziell adoptiert... Nein, jedermann glaubt, dass sie die leibliche Tochter von Linda und Roberto ist... Das steht so auch in ihrer Geburtsurkunde... Sie blinzelt heftig und blickt erst von ihrem Vater auf der einen, zu ihrer Mutter auf der anderen Seite.

Linda sieht angespannt aus dem Fenster und lässt den Fahrtwind auf ihrem Gesicht tanzen. Sie reibt sich die nassen Hände und versucht, durch Fingerdruck etwas Gelassenheit in ihren Körper fliessen zu lassen. Ihr Herz pocht so wild, dass sie das Gefühl hat, es im Hals klopfen zu spüren. Sie atmet tief ein und wieder aus, was ihr jedoch das beklemmende Gefühl in der Brust nicht nimmt. Wie konnten sie das all diese Jahre nicht herausfinden? Jahrelanges Suchen und Vertrauen sind für nichts gewesen. Und keine fünf Minuten braucht ihre Tochter, um alles an die Oberfläche zu spülen. Sie hatte versagt. Als Mutter kläglich versagt. Sie versucht, die Tränen zu unterdrücken, merkt aber durch das beruhigende Streicheln ihrer Tochter, dass sie bereits bei ihrem Gefühlschaos ertappt wurde.

Robertos unterdrückte Wut droht durch sein wippendes Bein aus seinem Körper springen zu wollen. Nach all diesen Jahren voller körperlichen und seelischen Schmerzen soll die Minute der Begegnung vor ihnen stehen? Er schüttelt den Kopf. Nein, er wagt es noch nicht zu glauben, Simon zu begegnen und ihm in die boshaften Augen zu blicken. Das letzte Mal, als er seinen Verehrer gesehen hat, lag er selber auf der Tragbahre im Krankenwagen und wurde als halbverbrannter, geisteskranker Selbstmörder Krüppel ins Irrenhaus gebracht. Simons letzte Worte: „Wir bleiben immer in deiner Nähe!", sollten wohl beruhigend auf ihn wirken. Bei diesem Gedanken durchfährt ihn ein Schauer und lässt ihn aufzucken. Er war ihr so nahe. Er hatte Mirjam durch das offene Fenster von Simons Wagen weinen hören. Er war ihnen so dicht auf den Fersen... und dann... dieser Lastwagen voller Öl...

„Alles in Ordnung, Papa?!" Liebevoll schmiegt sich Mirjam an ihn, lässt ihre andere Hand jedoch nicht von ihrer Mutter ab.

„Ob sie noch immer Mirjam heisst?" Das Teenagermädchen spricht ihren Gedanken zwar laut aus, erwartet jedoch keine Antwort darauf.

Kapitel 84

Haileys Blicke und kurz verwirrtes Gestikulieren verleihen Sam ein breites und schelmisches Grinsen. Durch einen Seitenhieb von Angus hört er augenblicklich auf damit, räuspert sich und widersteht der erneuten Versuchung, indem er zu

Boden blickt. Stacy sieht Hailey erwartungsvoll an und macht noch einen Schritt auf sie zu.

„Mein Liebes, wie schön, Sie hier zu sehen! Aber... Ihre Haare sind ja ganz nass!... Ich verstehe nicht... Ist alles in Ordnung mit Ihnen!? Was ist denn passiert!? Weshalb sind Sie schuld, dass Angus nicht ans Telefon gegangen ist? Angus!? Willst du mich aufklären, was hier los ist?! Was hast du mit Stacy gemacht?! Angus Cunni....!!!" Mit energischem Tonfall will Hailey auf Angus zugehen, als sich Stacy dazwischen stellt. Sie hält die kleine Schottin beruhigend an den Händen und blickt sie liebevoll an.

„Es ist alles in Ordnung, Miss Burns! Angus hat mir nichts angetan, im Gegenteil, er hat mir verziehen! Nicht wahr, Angus?" Sie blickt über ihre Schulter und bemerkt, wie die beiden Männer versuchen, sich zusammen zu reissen und ernst zu bleiben. Angus nickt langsam mit dem Kopf, während er sich eine Hand vor den Mund hält, als müsse er es sich ernsthaft überlegen. Dass dies lediglich ein Schutz war, nicht beim Grinsen ertappt zu werden, konnte Hailey nicht erkennen.

„Ohh!! Ist das denn wirklich wahr?! Was für ein grossartiger Tag heute doch ist!" Sie drückt Stacys Hände und berührt dann deren nassen Haare.

„Haben Sie sich denn schmutzig gemacht, Liebes?" Stacy schenkt ihr ein Lächeln und antwortet: „Angus liess mich im Stall mithelfen, als Wiedergutmachung, sozusagen. Und da haben wir die Zeit vergessen und das Telefon nicht gehört... Es tut mir aufrichtig leid, Miss Burns, wirklich! Wir sollten für die Zukunft ein weiteres Telefon im Stall installieren, damit das nicht mehr vorkommt!"

„Wir?!... Für die Zukunft?!... Oh Liebes!... Das klingt ja schon fast, als würden Sie Angus' Angebot doch annehmen und bei uns auf dem Hof bleiben?!" Haileys funkelnde Augen scheinen ihr fast aus dem Gesicht hüpfen zu wollen, als sie diese freudigen Erkenntnisse ausspricht. Sie klatscht sich in die Hände und sieht ihren Schützling stolz an.

„Ich wusste, du bist ein guter Junge und wirst mich eines Tages glücklich machen! Ich bin ja so stolz auf euch beide!" Sie sieht abwechslungsweise von Angus zu Sam, welche nun beide eher verdutzt in die Runde blicken.

Kapitel 85

Unruhig geht Frank in seiner Küche auf und ab. Er öffnet einen Schrank, entnimmt eine Schale und stellt sie auf den Tisch. Im nächsten Schrank greift er nach einer Schachtel mit bunten Kugeln darauf und leert den gleich aussehenden Inhalt in die Schale. Aus dem Kühlschrank nimmt er die Flasche Milch und gibt der Tür einen Kick zum Schliessen. Nachdem er die Schale bis zum Rand gefüllt hat, lässt er einen Löffel nur kurz eintauchen und stopft sich die ungesunde Nervennahrung in den Mund. Just hat er die ersten geräuschvollen Bissen getätigt, klingelt das Telefon. Noch kauend greift er hastig nach dem Hörer und gibt einen unverständlichen Laut von sich.

„Frank? Bist du das?! Heiliges Kanonenrohr, kriegen die hier nicht einmal eine anständige Leitung hin?! Hey! Amigo, ich glaube Ihr Telefon ist kaputt!"

Susies vertraute Stimme beruhigt Conleys Nerven auf der Stelle ein bisschen und er schluckt den Bissen hinunter.

„Das war ich, Susie! Ich beruhige gerade meinen Magen etwas mit Froot Loops, entschuldige!" Ihr herzhaft lautes Lachen zaubert ebenfalls ein Lächeln auf sein angespanntes Gesicht.

„Du brauchst bald meine alten Stretch Hosen, Freundchen, wenn du dich so gehen lässt!" Sie wartet keine Reaktion von ihm ab, sondern spricht gleich weiter: „Sie sind auf dem Weg zur Grenzwache. Alle drei. Und ich habe mal wieder keinen Saft auf meinem Mobile, deshalb stehe ich in einer kleinen Tequila Bude am Tresen. Die ist gleich hinter dem Irrenpalast. Du machst dir keine Vorstellung Frank, was dort gerade abgeht. Susie hätte ja gerne dem kleinen, glatzköpfigen Hängebauchschwein ihre erotischen Kurven um den Hals gedrückt! Nur leider durfte ich nicht mehr rein. Alles abgesperrt und von Polizisten umzingelt. Ich wette, die haben alle uniformierten Männer vom Land herbestellt! Caramba, ist das ein Schauspiel. Die Bude hier ist rampenvoll! Der macht sein Tagesgeschäft heute, das sag ich dir! - Amigo! Un tequila para la Señora, por favor! - Entschuldige mein Süsser, aber dieser Nervenkitzel hier ist besser als alle deine Filme zusammen!" Manders spricht so hastig und aufgeregt, dass sie kaum Luft einatmet zwischen ihren Sätzen.

Conley presst den Hörer fest ans Ohr und setzt sich langsam auf einen Barhocker, schiebt die Müslischale zur Seite und legt seine Stirn in die Hand. Er schliesst seine Augen und hört, wie grosse, imaginäre Ketten in seiner Brust gesprengt werden.

Kapitel 86

Angus fährt mit dem stylischen Cadillac aus der Garage, als ihn Hailey winkend davon abhalten will. Sie schüttelt den Kopf und geht auf den Wagen zu. Der Fahrer kurbelt das Fenster hinunter und sieht sie fragend an.

„Verspätung. Der Flieger hat Verspätung, mein Junge! Sie können Glasgow wegen Wind nicht verlassen... noch nicht... aber bald... und... der Cadi wird nicht ausreichen..." Verlegen zeichnet sie mit dem Finger der Fensterscheibe nach. Angus schliesst kurz seine Augen und fragt: „Wieviele?"

Die zierliche Schottin hebt eine Hand hoch und spreizt alle 5 Finger voneinander. Bevor er jedoch einen Kommentar abgeben kann, flüstert sie: „Vorerst..."

Wenige Minuten später, rollt der geräumige VW Bus aus dem Schuppen und Sam tritt aus der Stallung. „Oh ja richtig, heute kommt Frank Conley! Ich kann es noch nicht fassen, dass ich ihn persönlich treffen werde! Ich werde ihn doch treffen, nicht wahr?!" Aufgeregt geht der neue Reiter von MacKay auf den Bus zu und wartet, bis sich die Fahrertür öffnet.

„Nein, wirst du nicht!"

„Aber... Ich verstehe nicht... Wohnt er denn nicht bei uns... Ich meine... hier, bei dir?" Neugierig folgt er seinem Chef und Cousin zum Stall.

„Der Alte kommt nicht heute. Und wenns nach mir gehen würde, kann der in Hollywood bleiben!"

„New York, Angus, er lebt in New York! Und ich wünsche mir, dass du nicht so abschätzig über ihn sprichst! Er gehört zu unserer Familie, wie auch Sam. Und du weisst haargenau, dass er nicht schuld war!" Erst sachlich, dann doch sehr emotional, versucht Hailey noch immer die Wogen zu glätten nach all den Jahren. Sie blickt Sam traurig an.

„Du weisst das, nicht wahr, mein Sam? Unser Frank war nicht schuld an diesem furchtbaren Unfall! Und schon gar nicht, hat er uns Heather weggenommen! Sowas Dummes!"

Der Stallbursche blickt zu Angus und dann auf seine Füsse. „Mein Vater hat immer gesagt, sie hätte sich geopfert für den MacKay Clan... Sie hätte diesen Conley nur geheiratet, damit es euch gut gehen würde mit dem Geld... Und dann wurde sie in Amerika kaltblütig umgebracht von ihrem besoffenen Ehemann..." Beschämt blickt er zu Angus auf und kann unmittelbar nach seinem letzten Wort live eine menschliche Explosion beobachten.

Holzfässer werden durch die Luft geworfen, eine Mistgabel wird mit voller Kraft durch den Stall geschleudert, Halfter werden von den Haken gerissen und eine grosse Holztür wird ausgehenkt um ebenfalls weggeschleudert zu werden.

„STTOOOPPP!!!!" Eine laut kreischende Frauenstimme lässt den wütenden Schotten innehalten. Tief ein- und ausatmend sieht er zornig um sich. Er blickt geradewegs in die liebenswürdigen Augen von Stacy, welche sich mit Tränen füllen.

„Angus, nein!!! Nicht! Hör auf damit!!! Du weisst, dass das nicht stimmt! Und ich weiss es auch! Heather war verliebt! Über beide Ohren und aus ganzem Herzen war sie verknallt in Frank Conley! Endlich ein Mann, der es aufrichtig mit ihr meinte und gut zu ihr war! Er hat sie immer auf Händen getragen und sie nie ausgenutzt, wie die anderen! Kein Tag, kaum eine Minute verging, ohne dass sie nicht an ihn oder dich dachte! An ihn, wie sie sich nicht mehr vorstellen konnte, ohne ihn zu leben... Und an dich,... wie sie es je übers Herz bringen würde, dich alleine hier zu lassen!" Langsam und mit beiden Händen in der Luft, als müsse sie sich vor Unvorhergesehenem schützen, geht die neue MacKay Mitbewohnerin auf Angus zu. Dieser hält noch immer die Tür in der Hand und lässt seine Lungen langsamer atmen.

„Sie musste weg von hier, das weisst du! Weg von aller Schande, die Ian über sie gebracht hat!"

Kapitel 87

Die grosse Eisentür wird wie von magischer Hand geöffnet und die drei Besucher treten langsam und zaghaft ein.

„Señora Steiner, Señor Garreffa, Señorita." Der kleine Grenzpolizist kommt ernsthaft auf die Schweizer Familie zu und reicht lediglich Roberto die Hand. Für die beiden Frauen macht er eine Art Kopfnickbegrüssung und weist mit der ausgestreckten Hand in eine Richtung. „Por Favor." Er geht voraus, durch ein kaltes Labyrinth von weissen, alten Mauern und noch älteren Türen. Der Ort sieht heruntergekommen und schäbig aus, was die anwidernde Duftnote in der Luft unterstreicht.

Mirjam nimmt die schweisskalte Hand ihrer Mutter und geht mit pochendem Herzen schweigend neben ihr her. Sie ist sich noch nicht sicher, was sie hier erwarten wird, merkt aber an der Reaktion ihres

Vaters, dass es sehr ernst ist. Sie hat ihn noch nie so gesehen. Angespannt, voller Wut und bitterer Zorn in seinen Augen und doch immer wieder ein wehmütiger und trauriger Blick dazwischen. Weniger ihre Mutter. Diese wirkt seit dem Tag, als sie die Blutproben machen wollte kalt und verschlossen. Als hätte sie sich wie eine Schildkröte in den Panzer zurückgezogen und würde auf den Angriff einer vorbeisurrenden Wespe warten.

Sie gehen durch die letzte Tür am Ende des Korridors, an einem Wasserständer vorbei. Mirjam zupft ihre Mutter kurz an der Hand. „Mama darf ich bitte?" Sie zeigt auf das Wasser und sie bleiben stehen. Das kühle Nass tut allen dreien gut, lenkt kurz ab und Roberto öffnet die obersten Knöpfe seines Hemdes.

In fliessendem, aber sehr gebrochenem Englisch bemerkt der mexikanische Polizist: „Sie wurden getrennt, sobald wir sie hierher gebracht haben..." Er kann nicht weitersprechen. Die ihm folgenden Personen bleiben stehen und als hätten sie sich abgesprochen, erwidert das Ehepaar in einem

Chor: „Sie?!" Der Polizist bleibt ebenfalls stehen und nickt.

„Sí, Vater und Tochter! Wen haben Sie denn hier erwartet?!"

Kapitel 88

Der in die Jahre gekommene, dennoch sehr gepflegte VW Bus fährt über die holprigen Steinstrassen der schottischen Highlands. Angus hält seinen rechten Ellenbogen aus dem Fenster und lenkt mit dieser Hand lässig das grosse Lenkrad. Seine linke Hand hält er griffbereit am Schaltknüppel und nickt mit dem Kopf locker zur Musik, welche aus dem alten Radio ertönt. Sam neben ihm mustert ihn von der Seite her und denkt sich, dass er den Gutsherrn noch nie so gelassen und bei guter Laune gesehen hat.

Irgendetwas hat sich geändert in den letzten Tagen. Er wagt es kaum, an jene Nacht zurückzudenken. Einerseits, weil es das letzte Mal gewesen ist, dass er mit seinem Vater gesprochen hat. Andererseits, weil Angus ihm deutlich zu verstehen gegeben hat, dass diese Sache auf sich beruhen soll. Ein Unfall. Ja, es war ein Unfall. Einer, der hätte verhindert werden können... Doch zu welchem Preis?... Wer ist dieser mysteriöse Zeuge? Dieser Ian? Aber wie und wo hätte er sie beobachten können? Kein Mensch ausser Angus und er selber, kennen diese Absturzstelle. Nein, nicht einmal sein Vater wusste, wohin er trat.

„Ich bin nicht dein Typ! Also glotz auf die Strasse und nicht auf mich. Das ist unanständig!" Angus haut dem Jungen mit der Faust in die Seite und grinst. „Und wenn du das beim alten Conley so machst, steck ich dich persönlich in die Klapsmühle! Wir hatten vieles in der Familie, aber Wahnsinn war bis anhin nicht dabei!"

„Angus?" Sam versucht krampfhaft seinen Blick nicht mehr von der Strasse zu nehmen. Als er keine Antwort bekommt, fährt er fort: „Wer hat uns gesehen?"

Gelassen lenkt der kräftige Schotte seinen Bus weiter in Richtung Flughafen und antwortet:

„Niemand! Der dumme Angeber Ian hat mit deinem Vater um die Wette gesoffen, bevor dieser zu mir kam, um mich herauszufordern. Als er nicht mehr zurückkam, war dem Saufkumpel klar, dass ihm etwas zugestossen sein muss. Gut so. Sonst hätten ihn die Tiere vor der Polizei erwischt."

Ein kalter Schauer durchfährt Sam und Angus blickt ihn an. „Hey! WIR haben nichts Falsches getan! Klar? Hör mir genau zu! Es wurde Zeit, dass er für seinen Schwachsinn kassiert! Genug war genug! Und wer sich dumm säuft und allen das Leben zur Hölle macht, für den gibts den schnelleren Plan! Was wollte er auch beweisen?! Mich herausfordern, um zu sehen, ob ich zusehe, wie er dich wieder und wieder zusammenhaut und fast zu Tode prügelt?! Aus reiner väterlichen Liebe?! So wie er das Leben deiner Mutter beendet hat?! So, wie er mit Ian zusammen meine Schwester erst in die Stadt, dann aus dem Land vertrieben hat?!"

Kapitel 89

„Señor Garreffa, Sie dürfen in Begleitung eines Polizisten jetzt rein. Ich weiss nicht, welche Kontakte Sie haben, aber sowas hat es in meiner ganzen Karriere noch nicht gegeben. Aber no sé, was oder wer dahinter steckt!"

Auf eine Erklärung hoffend, blickt der Grenzpolizist zu Roberto hoch, welcher konzentriert auf die Tür vor ihnen blickt. Er beachtet den kleinen Mann vor sich gar nicht, sondern blickt kurz zu Linda und Mirjam zurück, um sich emotionale Stärkung, durch ihre Blicke abzuholen. Er schliesst kurz die Augen, strafft die Schultern und nickt seinem Begleiter auffordernd zu.

Kaum hat er beide Füsse im stinkenden Raum und der erste stumme Blickkontakt wurde ausgetauscht, dreht sich ihm der Magen um. Er hält sich die Hand vor den Mund, kann es jedoch nicht zurückhalten, sondern schafft es lediglich noch, sich zur Wand umzudrehen, um seinen Mageninhalt an sie freizugeben.

„Roberto?!" Die vertraute Männerstimme hinter ihm fordert seinen Magen erneut auf, sich zu wehren, „Señor Garreffa, por favor! Señor, bitte, kommen Sie wieder mit mir hinaus!" Die Tür wird kraftvoll aufgerissen und Roberto mit noch gesunkenem Oberkörper hindurch gestossen.

„Papa?! Was ist passiert?! Mirjam stürzt sich sogleich auf ihren hustenden Vater und ihr Blick trifft für zwei Sekunden auf die grünen Augen im Raum.

Sofort wird die Türe wieder geschlossen, doch Mirjam bleibt wie versteinert stehen und dicke Tränen kullern ihr über die zarten, jugendlichen Wangen.

Linda fasst ihrem Mann ebenfalls unter die Schultern und gemeinsam gehen sie mit ihm zur nächsten Sitzgelegenheit. Roberto stützt sich beide Unterarme auf die Oberschenkel und nippt an dem Becher mit kühlem Wasser. Der Polizist, welcher ihn begleiten sollte, händigt ihm nun einen kühlen nassen Lappen aus und stützt beide Hände in die Hüften.

„Míos dîos, Señor! So schlecht sieht er doch gar nicht aus, dieser Amerikaner! Das Mädchen ist schon hübscher, muss ich zugeben. Wollen Sie zuerst zu ihr?"

Und bevor er seinen Silberzahn zeigen kann, wird er mit voller Wucht zu Boden gerammt.

Kapitel 90

Schweigend sitzen die beiden Frauen in der geräumigen Küche und rüsten das frische Gartengemüse vor ihnen. Aus dem nostalgischen Radio mit Antenne erklingen warme Dudelsackklänge und das Hin- und Herneigen des Kopfes, verrät Stacy, dass dies wohl ganz den Musikgeschmack von Hailey trifft. Diese bemerkt, dass sie beobachtet wird und schmunzelt zufrieden.

„Das ist schön, nicht wahr, mein Liebes? Mein Vater hat damals auch immer für uns Mädchen gespielt. Wir haben dazu getanzt und gälische Lieder gesungen. Bonnie hatte so eine wunderbare Stimme... und ..." Ihre Augen füllen sich mit Tränen, die sie sogleich mit einem Lächeln wegzaubert. „Ja, Rose, sie hat getanzt wie ein Engel! Sie war die

Älteste von uns dreien." Sie schüttelte den Kopf. „Die Schönste, die Klügste und die Wildeste!" Hailey lachte laut auf, als hätte sie sich an eine lustige Geschichte erinnert.

„Oh... mein Liebes!!! Sie war ja so wild! Und furchtlos!" Traurig nimmt sie eine weitere Kartoffel zur Hand und schält diese eifrig. „Das wurde ihr zum Verhängnis, wissen Sie... Dieser furchtbare, grausame Krieg... Oh mein Liebes,... wie schrecklich war es hier in Schottland zu dieser Zeit..."

Stacy blickt die nun sehr nachdenkliche, zierlich und geradezu zerbrechliche Frau neben sich an. Sie beobachtet, wie diese schwer schlucken muss und ihr langsam eine Träne über die gerötete Wange schleicht.

„Sie brauchen mir nicht mehr darüber zu erzählen, Miss Hailey, das ist schon gut. Es ist doch so ein wunderbarer Tag heute und er wird doch noch viel schöner!" Sie legt ihr Rüstmesser hin und will die gesäuberte Hand auf Haileys Schulter legen, als diese energisch nickt und sie willensstark anblickt.

„Doch, mein Liebes! Ich will und muss es Ihnen erzählen! Verstehen Sie denn nicht?! Mein guter Junge... Angus, er musste so unglaublich viel Schlimmes mitansehen..." Sie legt ebenfalls ihr Messer zur Seite und putzt sich ihre Hände an der Spitzenschürze ab.

Stacy schenkt ihr ein liebevolles Lächeln und umarmt sie.

„Doch, ich verstehe schon, Miss Hailey! Heather hat mir sehr viele Geheimnisse erzählt. Auch, dass Angus sie gefunden hat, als Ian und Dunn sie..."

Kapitel 91

Aufgeregt, als müsse er gleich für eine Millionenrolle vorsprechen, geht Frank Conley in seinem Arbeitszimmer auf und ab. Susies rapportierende Stimme hält er sich fest ans Ohr gedrückt und nickt immer wieder. Auf einmal bleibt er stehen, setzt sich langsam auf den nächstbesten Sessel und lehnt zurück. Er schliesst langsam die

Augen und ein zufriedenes Lächeln huscht ihm übers Gesicht.

„Danke Susie, danke! ... Nein, solltest du jetzt besser nicht tun, sonst kannst du gleich zu ihnen in die Kiste steigen... Ich weiss, ich weiss... Es geht mir nicht anders,... aber eigentlich sind die jetzt viel schlimmer dran, als wenn wir mit ihnen abgerechnet hätten... Ja, da bin ich mir sicher! Ich frage mich, ob der Psycho in die Staaten ausgeliefert wird... Der ist doch Amerikaner, nicht wahr? Und Simon zurück in die Schweiz? Das wäre nicht so gut, dort werden die bestimmt verwöhnt im Knast... Ja stimmt! Du könntest recht haben!... Was ist da los?!... Susan?!... Hallo?!... Ich kann dich nicht mehr hören! Wer schreit da so? Was ist passiert?!... Hallooo??!!"

Blitzartig erhebt sich Conley und blickt nervös im Raum umher. Er wirft einen kurzen Blick auf den Hörer, legt ihn sogleich wieder ans Ohr und versucht erneut sein Glück: „Susie, bist du noch dran??!!" Als könne er die lauten Geräusche auf der anderen Seite der Leitung übertönen, ruft er laut in den Hörer: „Haaaalllooo!!!???" Wütend schmeisst er den Apparat aufs Sofa und geht schnellen Schrittes aus dem

Raum. Er geht in die Küche und nimmt seinen Blackberry vom Tresen.

„Mist!" Als er auf sein Display blickt, bemerkt er zwei verpasste Anrufe. Agent Mayer und Ken. Er schliesst für den Bruchteil einer Sekunde die Augen, öffnet sie kurz darauf wieder, spitzt die Lippen und nickt entschlossen.

„Das Wichtige immer vor dem Dringenden erledigen!" Mit diesen Worten tippt er auf die Rückwahltaste und wartet auf die Entgegennahme seines Anrufs.

Lautes Kreischen und lustiges Lachen ist zu hören und Franks Gesicht nimmt wieder einen zufriedenen Ausdruck an. Er hört die vertraute Stimme seines Sohnes sagen: „Hey Dad! Wie du hörst, sind wir bereits auf den Strassen des Hochlands. Die Kinder meinen, die seien hier noch besser als in Mexiko!" Erneut erklingen die freudigen Kinderstimmen seiner beiden Enkel und Frank muss bei der bildlichen Vorstellung ebenfalls laut auflachen. Als er eine tiefe Männerstimme mit schottischem

Akzent aus dem Hintergrund vernimmt, macht sich ein mulmiges Gefühl in seiner Magengegend breit.

„Angus...", murmelt er mehr vor sich hin, als dass er dies wirklich laut aussprechen wollte.

„Ja, Dad, Angus hat uns abgeholt in einem wirklich coolen VW Bus! Der Arme hat nach dieser Fahrt ein Kindertrauma." Ken lacht fröhlich auf und vor Franks innerem Auge spielen sich die wunderbaren Zeiten, just in diesem VW Bus, ab.

Kapitel 92

„Der hat sie doch nicht alle! Das muss ich mir nicht gefallen lassen! Nicht von so einem dahergelaufenen Touristen! Caramba! Mierda!"

Der aus der Nase blutende Mexikaner hält sich ein Tuch auf die Blutung, während er vor sich hinflucht. Er legt seine Füsse auf den Tisch vor ihm und blickt abwechselnd vom blutigen Tuch zu seinem Arbeitskollegen auf. „Was soll diese Scheisse überhaupt?! Warum dürfen die zu den Festgenommenen?! Was ist das für ein Gesindel?!

Und welche Sprache sprechen die? Kann ich ihn auch gleich einbuchten!? Verfluchter Mistkerl!"

„Nein, kannst du nicht... Keine Ahnung was da genau läuft... Anordnung von oben. Warum musstest du überhaupt eine solche Bemerkung machen? Behalte sowas für dich, das wird dir noch Ärger bringen und gehört nicht hierher! Jetzt geh, wasch dich und zieh dich um. Du bleibst dann hinten. Ich bringe sie jetzt zum Mädchen, wenn der Vater sich wieder beruhigt hat. Der kotzt uns noch die ganze Bude voll..." Kopfschüttelnd geht der ranghöhere Polizist der mexikanischen Grenzwache aus dem Raum und lässt die Tür hinter sich ins Schloss fallen.

„Señor? Geht es Ihnen besser?" Respektvoll tritt er einen Schritt auf Roberto zu und stützt die Hände in die Hüften. Seine Frage wird von Linda, welche neben Roberto sitzt, beantwortet: „Es geht ihm schon besser, vielen Dank! Entschuldigen Sie die Unannehmlichkeiten. Ich denke, es ist besser, wenn mein Mann sich hier noch etwas beruhigt und ich hineingehe." Ruckartig sehen Roberto und auch Mirjam sie verblüfft von der Seite her an.

„Aber Mama, was, wenn er dir wieder etwas antut? Ich will nicht, dass du alleine da hineingehst! Papa, stimmts? Sie soll das nicht machen!" Mirjam hält ihre Mutter am Arm krallend fest, als könnte sie damit deren Entscheid ändern. Verängstigt blickt sie Roberto an. Dieser mustert erst den entschlossenen Ausdruck seiner Frau, dann sagt er: „Sie macht das viel besser als ich, meine Süsse. Ist schon gut. Es wird ihr hier nichts passieren. Dieser nette Polizist hier wird sie keine Sekunde aus den Augen lassen. Habe ich recht, Señor?" Fragend blickt er zum Polizisten auf, welcher seine Brust strafft und seine Hand instinktiv auf den Revolver in seinem Halfter legt.

„Pero sí, señor! Natürlich bin ich immer bei ihr." Und an Linda gerichtet fragt er: „Wollen wir?"

Diese blickt ihre besorgte Tochter an, zwinkert ihr aufmunternd zu und legt eine Hand auf die vernarbte Gesichtshälfte ihres Mannes.

„Er wird uns nie mehr etwas antun können!"

Kapitel 93

„Wünschen Sie sich Kinder, mein Liebes?" Ohne von ihrer wiederaufgenommenen Rüstarbeit aufzublicken, stellt Hailey diese selbstverständliche Frage. Ihre Mithelferin hält einen kurzen Moment der Überraschung mit Gemüseschneiden inne und blickt die kleine, runzlige Frau neben sich an. Da von dieser Seite keine weitere Reaktion folgt, zerkleinert sie weiter die Kartoffeln und nickt.

„Ja gerne, wenn es denn auch so für mich bestimmt ist." Offenbar scheint dies die gewünschte und richtige Antwort zu sein, denn Hailey nickt zufrieden und lächelt.

„Das ist die richtige Einstellung mein Liebes. Das ist wunderbar so. Wissen Sie, man weiss nie, welche Pläne unser Herr im Himmel mit uns hat. Manchmal schenkt er Kinder, manchmal nicht. Manchmal schenkt er Kinder und nimmt sie dann wieder weg." Bei dieser Aussage zieht sie erst geräuschvoll Luft durch die Nase und putzt sie dann mit ihrem Stofftaschentuch. Stacy legt ihr Rüstmesser hin und geht auf die kleine Schottin zu. Sie legt ihr tröstend einen Arm um die Schulter und drückt sie sanft an sich.

„Und wir werden niemals verstehen, weshalb er einerseits so grosszügig und liebevoll und andererseits so grausam sein kann, nicht wahr?" Beide Frauen blicken aus dem Fenster auf den Innenhof und sehen den Pferden auf der nahegelegenen Weide zu.

„Haben Sie sich Kinder gewünscht, Miss Hailey?" Stacy wagt ihre Frage nur zaghaft auszusprechen. Erneut vernimmt sie ein lautes Sniffen durch die Nase und spürt, wie die Frau in ihrem Arm die Schultern strafft und ihren Rücken durchstreckt. Kaum merklich schüttelt sie den Kopf und weicht von Stacy ab. Sie putzt sich die Hände an der Schürze und versucht ein zwanghaftes Lächeln aufzusetzen.

„Jetzt sieh uns einer beim Arbeiten zu! Bald kommen unsere Gäste und die Suppe steht noch nicht einmal auf dem Herd! Was wird Kenneth von uns Plappermäulchen nur denken! Oh, er ist ein so guter und fleissiger Junge unser Kenneth!"

Während ihres abrupten Themenwechsels beginnt sie nun hektisch in der Küche rumzuwirbeln. „Er ist Professor, habe ich Ihnen das schon erzählt? Rechtswissenschaften! Und ein guter Staatsanwalt dazu! Er ist genau wie unsere Heather. Sie werden schon sehen, er sieht auch aus, wie sie. Ein so hübscher, kluger und guter Mann ist aus ihm geworden!"

Die Tierärztin hört ihr aufmerksam zu und beobachtet jede ihrer Bewegungen. Sie würde bei Gelegenheit Angus darauf ansprechen. Auch wenn ihr dieser Gedanke erst Unbehagen bringt, wenn sie sich an all die grausamen Geschichten dieses Clans erinnert. In Gedanken versunken blickt sie sich nun in der Küche um und fragt sich, welche Geschichten diese Wände erzählen könnten. Plötzlich wird sie von Hailey hastig an der Hand gefasst.

„Mein Liebes! Haben Sie mich nicht gehört?! Sie sind hier!"

Kapitel 94

Rasch geht Frank die geschwungene Treppe hoch zu seinem Schlafzimmer. Währenddessen tippt er die Wiederwahltaste und den Lautsprecher auf seinem Blackberry. Das laute Klingeln widerhallt laut im Treppenhaus und wird durch eine Männerstimme unterbrochen.

„Mayer!"

„Conley hier, was ist los da unten?! Ich erreiche niemanden!" Aufgeregt geht der ehemalige Actionheld zu seiner Ankleide und wirft achtlos Kleidungsstücke in eine grosse Ledertasche.

„Die Medien haben Wind bekommen und lauter Aasgeier zur Klinik geschickt. Das gab einen enormen Tumult, wie Sie sich bestimmt vorstellen können. Bereits haben die ersten Streike begonnen und eine tobende Meute von Menschenrechtlern geht im Ort umher. Sie haben Mrs Manders noch rechtzeitig aufladen können. Nicht zu ihrer Zufriedenheit, versteht sich, sie hätte dort noch gerne mehr mitaufgemischt. Keine einfache Dame, ihre Freundin!"

Obschon das eben Vernommene Frank bedrückt und seine Stirn in Falten setzen lässt, muss er bei dieser Bemerkung des FBI Agenten schmunzeln.

„Haben sie alle?" Frank Conley bleibt kurz stehen, hält sich an einem Pullover fest und blickt auf das kleine Mobiltelefon auf seinem Bett. Er vernimmt lautes Schreien und Brüllen im Hintergrund und die lauten Sirenen von Polizeiautos. Das FBI scheint die gesamte Aktion live mitzuverfolgen.

„Jeden Einzelnen frisch eingepackt, Sir! Von der obersten Etage an, bis hin zur qualitativ hochstehenden Kindertagesstätte!" Sein sarkastischer Tonfall lässt Frank einen lauten Jauchzer loslassen. Frank verspürt zum ersten Mal seit langem ein freies Durchatmen und schliesst die Augen.

„Wenn es einen Gott gibt, wäre jetzt wohl der erste Moment in dieser Geschichte, ihm zu danken, nicht wahr? Ich bedanke mich von Herzen!" Conley legt die Hände zum Gebet und blickt aus dem Fenster, hinaus auf den Ozean unter dem offenen Himmel.

„Wie geht's nun weiter, Mayer?"

Kapitel 95

Beide Hände über Mund und Nase haltend und mit Tränen in den Augen blickt Hailey auf den haltenden VW Bus vor dem Gästehaus. Ihre Beine fühlen sich steif und gelähmt an, doch Stacy führt sie an den Schultern sanft erst die Treppe hinab, dann über den Kiesplatz. Kaum wird die Fahrertür geöffnet, steigt auch Ken auf der anderen Seite aus. Ansonsten ist keine Bewegung zu sehen oder zu hören. Verwundert nimmt Hailey ihre Hände vom Gesicht und geht etwas zögernd auf den parkierten Bus zu.

„Tantchen Hailey!!!" Mit strahlendem Blick und ausgebreiteten Armen kommt der grosse, junge Mann auf die noch verwirrte Frau zu und will sie in den Arm schliessen.

„Aber... Wo sind alle anderen?" Sie will an ihrem Neffen vorbei zum Bus, als sie verbal und mit einer Handbewegung von Angus angehalten wird. „Schhht!!! Weck die jetzt bloss nicht auf!"

„Alle da, Tantchen! Die Jungs sind endlich eingeschlafen und Rosalía und Bonnie dienen als Kissen. Dabei glaube ich, die beiden machen auch ein Nickerchen..." Belustigt blickt Conley Junior zu seinem Onkel und hebt die Schultern.

„Krieg ich denn jetzt eine schottische Umarmung oder muss ich erst zum Ritter geschlagen werden?", wendet er sich fröhlich wieder seiner Grosstante zu.

„Oh mein Junge entschuldige! Ich hab mich nur so auf euch alle gefreut, da blieb mir eben kurz der Atem weg. Natürlich komm her! Zeig dich!" Hailey umarmt ihren heruntergebeugten Grossneffen herzhaft und wird von ihm in die Luft gehoben! „Lass mich runter! Sowas macht man mit einer Dame vom Hochland nicht!" Lachend haut sie ihm auf den Oberarm und fügt hinzu: „Ausserdem bist du viel zu dünn! Ich will jetzt mit meiner Schwester über ihre Kochkünste sprechen! Papperlapapp schlafen! Die Kinder bekommen hier schon noch genug Erholung und frische Luft! Im Gegensatz zu eurer stinkigen Grossstadt! Geh mir aus dem Weg, Kenneth!"

Angus verdreht die Augen und öffnet den Kofferraum. „Na, dann ist eben Schluss mit Ruhe. Sam, steig aus und hilf mir mit dem Gepäck!" Er wirft kurz einen Blick über die Schulter zu Stacy, welche etwas verloren da steht, nickt und zwinkert ihr zu.

"M'lady!"

Kapitel 96

Der Grenzpolizist öffnet sorgfältig die Tür, als wolle er ein weiteres Desaster verhindern. Einen kurzen Blick in den Raum, dann nickt er und öffnet die Türe ganz. Während nun Linda den gesamten Raum zum Anblick bekommt, lässt der mexikanische Freund und Helfer sie nicht aus den Augen. Ihre Wangenknochen zittern vor Anspannung, doch ihr Blick lässt auf keine Emotion schliessen. Ruhig wirkend, geht sie langsam und mit eleganter Haltung auf den Tisch in der Mitte des Raumes zu und setzt sich auf den freien Stuhl. Ihr Blick weicht nicht von ihrem Gegenüber, der sie eingehend mustert. Sie sehen sich lange schweigend an, bis Simon die Stille unterbricht: „Hallo Jasmin. Gut siehst du aus! Die Mutterrolle scheint dir gut zu bekommen!" Ein schelmisches Grinsen lässt seine schneeweissen Zähne aufblitzen und seine grünen Augen funkeln boshaft.

Lindas Gesicht zeigt noch immer keine Reaktion, als würde sie auf mehr warten.

„Hat dir das dein Retter in der Not beigebracht? Dein berühmter Schauspieler? Wie hiess er noch? Ich war leider zu beschäftigt all die Jahre, um ins Kino zu gehen..." Als er noch immer keine Reaktion von ihr zurückerhält, hebt er eine Augenbraue und lädt weitere Munition auf.

„Wie geht es denn DEINER Mirjam? Sie ist bestimmt eine so hübsche junge Frau geworden, wie ihre Mama, das ist... hm..., vielleicht auch war... eine lustige Geschichte, Jasmin... Muss ich dir erzählen..." Er legt beide Hände auf den Tisch und lehnt sich etwas zu ihr hinüber.

„Ich habe sie weinen hören, als man ihr die Kleine wegnahm und sie in die Klappsmühle brachte... da war es nicht so still, wie bei dir im Hotel... aber, das war ja auch etwas ganz anderes... nicht wirklich geplant, meine ich... und du warst ja auch schon fast tot..." Als er die Träne erblickt, die aus dem Auge von Linda über die Wange gleitet, stoppt er inmitten seines Satzes und lehnt sich siegessicher in den Stuhl zurück.

„Hmm... Also doch nicht so cool... hab' ich mir schon gedacht, weisst du!" Er hebt seinen Zeigefinger, als wolle er sie rügen. „Du hast dich schon immer taffer gegeben, als du warst! Frau Hochschul Professorin!" Er wirft seinen Kopf in den Nacken und lacht höhnisch auf.

„Hör zu Jasmin, ich weiss nicht, welches Spielchen du hier gerade treibst oder was du dir daraus erhofft hast. Robbie hatte da eben mehr Klasse, indem er auf den Boden gekotzt hat. Da weiss ich zumindest, wie es ihm geht dabei. Und es war schön zu sehen, dass der Unfall nicht allzuviele Spuren hinterlassen hat… äusserlich zumindest..." Er räuspert sich und blickt den Polizisten im Raum mit erhobenen Händen an.

„Muss ich diese Frau einfach ansehen und ihr Geschichten erzählen?! Ich glaube, wir sind fertig hier?! Kann ich jetzt zu meiner Tochter!? Sie wird ausser sich sein vor lauter Angst. Sie ist so ein zartes, scheues Wesen. Von wem sie das bloss hat?"

Kapitel 97

Langsam geht Kenneth durch den grossen, lichtdurchfluteten Stall und bewundert beeindruckt die stattlichen Pferde. Er geht zu einem weissen, neugierigen Tier hin und legt ihm behutsam die Hand auf den Nasenrücken. Er liest laut den Namen auf der Holztafel neben der Luke: „Du bist also Abbey! Von dir haben wir eben ganz grossartige Geschichten gehört. Gratuliere zu deinem ersten Erfolg." Als würde die stolze Stute ihn verstehen, schüttelt sie ihren edlen Kopf und lässt die prachtvolle Mähne tanzen. Ken lacht und erwidert: „Ja, das verstehst du, nicht wahr?"

„Du solltest vorsichtig sein, was du hier drin laut aussprichst." Angus geht mit einer grossen Mistgabel an seinem Anwalt vorbei und öffnet die Box zu Abbey.

„Kannst du reiten, Neffe?" Er stellt sich neben seine Trophäenstute und streicht ihr fürsorglich über den Hals. „Komm, meine Schöne, ich brauche etwas frische Luft und eine Pause." Aufgefordert geht Abbey elegant durch die Öffnung und wie selbstverständlich in eine Richtung. Verblüfft sieht ihr Ken nach und zeigt mit dem Finger auf sie.

„Sie geht alleine?... Aber wohin geht sie?"

„Sie sucht dir ein Pferd aus. Kannst ihr ruhig folgen, sie hat einen ausserordentlich guten Geschmack." Schmunzelnd stellt Angus die Gabel in die offene Box und folgt den beiden.

„Angus, ich habe mich noch nicht bei dir für deine grosszügige Gastfreundschaft bedankt! Ich weiss, es ist ungewöhnlich laut und chaotisch mit den Zwillingen und meine Frau wird dich auch auf Trab halten. Sie konnte es kaum erwarten, endlich mal herzukommen nach all diesen Jahren, wo sie doch immer von diesem Land geträumt hat." Er folgt dem Bruder seiner Mutter, der nur wenige Jahre älter ist als er selbst, zu einem braunen Pferdekopf neben Abbey.

„Gute Wahl, Abbey. Darf ich vorstellen: Mad." Belustigt blickt der grosse Schotte seinen Besucher an.

„Oh, klingt vielversprechend!... Mad, es freut mich, mit dir die Highlands zu erkunden. Lass mich bloss am Leben, ich habe Familie."

„Keine Sorge, Herr Anwalt. Das ist die Abkürzung von Madison. Er ist zahm wie ein Lamm, nicht wahr mein alter Junge?" Liebevoll öffnet Angus die Holztür und lässt sein Pferd aus der Box laufen.

„Ich kann es nicht fassen, dass sie sich so frei bewegen können hier und wissen, wohin sie gehen müssen! Wie machst du das bloss, Angus?" Conley Junior geht neben dem Gutsherrn her und folgt ihm zu den Sätteln.

„Dürfen deine Kinder denn nicht frei rumlaufen zuhause? Wenn sie die Regeln nicht kennen, vertraust du ihnen nicht... Oder deine Erziehung ist miserabel!" Der selbstbewusste Schotte blickt hinter einem Sattel hervor und fragt mit ernster Stimme: „Vertraust du mir? Wirst du meiner Version der Geschichte Glauben schenken?"

Kapitel 98

Lässig schwingt sich Frank Conley die Ledertasche über die Schulter und gerät kurz ins Wanken.

„Geht nicht mehr ganz so locker vom Hocker, nicht wahr Frank?" Belustigt macht Mike ein paar Schritte auf seinen Arbeitgeber wie auch Freund zu. Dieser hebt bedrohlich seine geballte Faust in die Höhe und erwidert: „Sieh bloss zu, dass deine Fliege hier nicht wackelt! Mein Magen ist übersäuert und nur mit Froot Loops gefüllt. Das kann gefährlich werden für dich!" Kaum auf Augenhöhe angelangt, lachen beide Männer auf und umarmen sich kurz aber herzlich.

„Na dann! Hast du dich entschieden, in welche Richtung wir abheben?" Der Pilot nimmt seinem Fluggast die Reisetasche aus der Hand und legt sie sorgfältig unter den Rücksitz.

Während Conley sich auf dem Co-Pilotensitz einrichtet, nickt er gedankenversunken. „Wir holen erst Susie. Die hat alle verrückt gemacht da unten."

Mike lacht ins Mikrophon. „Oh ich kann es mir lebhaft vorstellen!" Er macht eine kurze Pause und fügt etwas ernsthafter und leiser hinzu: „Hat sie Simon getroffen? Oder den Psychiater?" Ein dunkler Schleier huscht Mike über das Gesicht, als er mit den letzten Fragen seine Stirn in Falten setzt und Conley ansieht.

Dieser schüttelt den Kopf und blickt seinen Piloten verständnisvoll an. „Nein, und das ist auch besser so. Sie konnte jedoch mit eigenen Augen die Razzia in der Klinik beobachten und wird es dir persönlich und im Detail berichten, da bin ich mir sicher, Mike! Ihr könnt bald abschliessen. Die Sache ist vorbei! Es ist endlich an der Zeit loszulassen."

Fürsorglich und doch bestimmt fasst er seinen

Freund an der Schulter und drückt zu. Dieser nickt seine Worte schweigend ab und schliesst seine Fenstertür.

„Was ist mit Mirjam?... Also ich meine..." Er legt sich das Headset an und ihre Konversation verläuft nun via die Mikrophone.

„Du meinst Lindas leibliche Tochter... hab' mich auch schon gefragt, ob sie noch Mirjam heisst... Sie sind beide auf der Grenzwache. Mehr weiss ich noch nicht. Sobald wir Susan bei uns haben, versuchen wir, sie zu erreichen. Die Gute reisst mich in Stücke, wenn ich das jetzt ohne sie mache, auch wenn ich es kaum aushalte. Aber du kannst dir vorstellen, welche explosive Pulverladung wir gleich antreffen werden... Take off, Kumpel, sie müsste jeden Moment ankommen am JFK!"

Kapitel 99

„Wer ist diese Stacy Rowan auf dem Hof? Was macht sie?" Ken blickt konzentriert auf das dunkle Meer vor ihnen und versucht alle Fakten zusammenzubekommen.

„Sie ist eine Kuhhebamme." Angus blickt ebenfalls auf die ihm so vertraute Aussicht und dann zu seinem Anwalt. Als er dessen Stirn in Runzeln liegen sieht, nimmt er die Hand von den Zügeln und ballt sie zu einer Faust. „Na sie steckt ihre Faust oder gar den ganzen Arm in den Hintern der Kühe und..." Seine bildliche Erklärung lässt Conley Junior aufpusten und er unterbricht den Aufklärer sogleich mit hochgehaltener Hand.

„Sie ist eine Tierärztin?!" Er grinst seinen Onkel an, der ihm eifrig zunickt. „Ja, hab ich doch eben gesagt! Viel mehr zu tun gibt es ja für sie nicht hier oben. An die Pferde in der Gegend lässt sie noch keiner ran, da haben wir unsere Spezialisten." Bei diesen Worten tätschelt er behutsam den Hals von Aaron und schwingt sein rechtes Bein über dessen Rücken. „Mein Hintern ist hart wie altes Porridge! Dieses Autofahren ist nichts für mich, ich weiss nicht, wie ihr sowas aushaltet im Flugzeug!"

„Na, dann hast du ja die beste Pflege auf dem Hof. Ich bin ja nicht von gestern und habe auch Augen im Kopf. Hinter diesem Alibi steckt doch noch mehr, nicht wahr?" Kenneth tut es ihm gleich, wenn auch nicht ganz so elegant, und steigt vom Pferd. Er nimmt die Zügel in die Hand und will Angus folgen, als dieser stehen bleibt. Hufgeräusche kommen immer näher und werden lauter. Beide Männer blicken in die Richtung, aus welcher die Hufgeräusche kommen, und Angus' Blick wird hart. Ken blinzelt und kneift die Augen etwas zusammen, in der Hoffnung mehr erkennen zu können. „Wer ist das? Was hat das zu bedeuten? Der reitet ja, als wäre er auf der Flucht!"

„Ist er wahrscheinlich auch. Das ist Sam. Und es bedeutet Ärger..." Enttäuscht, seine Ruhe unterbrechen zu müssen, schwingt sich der Gutsherr auf seinen Hengst und nimmt die Zügel kurz. Sein Neffe tut es ihm erneut gleich und richtet sich auf dem Sattel ein.

„Angus!!! Schnell!! Ihr müsst zurück! Ian und dieser Polizist...." Ausser Atem bleibt der Stalljunge vor den beiden stehen und versucht sein Pferd ruhig zu halten nach diesem wilden Ritt.

„Ganz ruhig, sonst kriege ich Kopfschmerzen von deinem Geschrei! Wir haben Besuch aus dem Dorf, sagst du? Na wunderbar, dann lass uns die beiden harten Kerle doch begrüssen. Das wird dir gefallen, Ken. Ian ist ein schottisches Hochland Prachtexemplar!"

Angus will gerade losreiten, als Ken emotionslos erwidert: „Ich weiss sehr wohl, wer Ian MacDonald ist... Er war einer der Gründe, weshalb meine Mutter damals Schottland verlassen hat..."

Kapitel 100

Mit eleganten und langsamen Schritten geht Linda zur Tür, vor welcher der Grenzpolizist steht. Kurz davor bleibt sie stehen und dreht sich langsam um. Sie blickt in die stechend grünen Augen, welche sie ebenfalls fixieren. Langsam öffnen sich ihre Lippen und sie flüstert so leise, dass er es kaum hören kann und doch so laut, dass er ihre Worte auf Schweizerdeutsch versteht.

„Du wirst MEINE Tochter nie mehr in deinem Leben sehen. Du wirst kein Baby mehr stehlen und keine Kinder mehr verkaufen. Du wirst keine Frau mehr berühren und verletzen können... Ich habe mehr als 13 Jahre auf diesen Moment der Rache gewartet und mir alles bis ins Detail vorgestellt." Sie hält kurz inne und schliesst die Augen, als müsse sie sich diese schrecklichen Bilder nochmals abrufen und verinnerlichen. Schlagartig öffnen sich ihre Lider wieder und sie schüttelt den Kopf, als sie nicht mehr flüsternd hinzufügt: „Aber ich verspüre nur noch Mitleid für eine gebrochene Kreatur. Simon, ich verzeihe dir, was du meinem Körper, meiner Seele und meinem Leben aus Liebe zu meinem Mann angetan hast. Ich bedanke mich bei dir für eine wundervolle, neue Familie und unbeschreibliche Freunde. Und bald, ja sehr bald werde ich meine leibliche Tochter kennen lernen dürfen und ihr über den furchtbaren Schmerz hinweghelfen, den auch du ihr zugefügt hast. Aber weisst du, Simon", sie spricht seinen Namen betont aus, „wir sind eine geballte Ladung voller Liebe und gegenseitigem Respekt. Das hat mich am Leben gehalten und wird auch unserem

Mädchen helfen aufzublühen. Dank dir hat sie eine grossartige Schwester und noch willensstärkere Eltern, als sie es gehabt hätte. Man ist erst reich, wenn man etwas hat, das man mit Geld nicht kaufen kann. Machs gut, Simon Zimmermann."

Sie dreht sich zur Tür, welche ihr nun vom Polizisten geöffnet wird und blickt kurz über ihre Schulter zurück. „Ist das nicht furchtbar, wenn man etwas so Grossartiges wie die Liebe falsch versteht?" Sie atmet tief Luft ein und geht mit erhobenem Haupt in den kühlen Korridor. Sie hört, wie hinter ihr die Tür ins Schloss fällt, ein Schlüssel den Riegel verschliesst, wie ein Stuhl mit voller Wucht an eine Wand geschleudert wird und ein gebrochener Mann laut aufschreit.

„Ich bin jetzt bereit, das Mädchen zu sehen..."

Gemeinsam mit dem Grenzpolizist geht Linda zur nächsten Tür. Sie schliesst kurz die Augen und nickt ihrem Begleiter dann entschlossen zu. Er öffnet die Tür und Linda geht hindurch. Sie blickt in die grossen, grünen und ängstlichen Augen eines blassen Teenagermädchens. Ihr Herz schlägt schneller und sie verspürt eine Welle von Glück, in ihr emporsteigen.

„Hallo Mirjam. Schön, dich endlich kennen zu lernen. Mein Name ist Linda Jasmin Steiner. Darf ich mich zu dir setzen?"

Kapitel 101

„Rosalía!!!" Kens lautes Schreien widerhallt auf dem gesamten Platz. Er reitet sein Pferd knapp auf den Hof, springt rasch vom Sattel und rennt zur Mitte des Kiesplatzes. Auf dem Boden liegt ein grosser, schwerer, fluchender Mann und auf seinem Rücken sitzt die kleine, durchtrainierte Mexikanerin und hält seine Hände gekreuzt fest.

„Hola mí amor! Schau mal, wen ich hier habe! Darf ich vorstellen: Ian MacDonald! Ohne Burgers und ohne Pommes!" Sie lacht siegessicher auf und grinst ihren Mann triumphierend an.

„Bist du verrückt geworden! Was tust du da?! Und, wo sind...?!" Verstört und irritiert blickt sich Kenneth um sich und sieht, wie ein Polizist mit verschränkten Armen neben der Tierärztin steht, welche ebenfalls ruhig dasteht.

„Sir Conley, nehme ich an?" Der Polizist geht mit nun ausgestreckter Hand auf den Anwalt zu. „Nur Mister Conley... Was geht hier vor, Officer?! Was macht meine Frau auf Mister MacDonald und weshalb sehen Sie einfach zu?!" Er wirft ebenso einen Blick zu Stacy, welche jedoch von jemand anderem abgelenkt zu sein scheint. Ken sieht in ihre Blickrichtung und entdeckt Angus, der seine Lippen fest zusammen presst. Plötzlich springen seine Lippen auseinander und ein lautes, herzhaftes Lachen platzt aus dem erröteten Gesicht des stattlichen Schotten. Er haut sich eine Hand mit voller Wucht auf den Oberschenkel und geht mit lauten Schritten über den Kiesweg auf die beiden anderen Männer zu.

„Gibts noch mehr von ihrer Sorte, da wo sie herkommt?! Deine kleine Mexikanerin hats in sich, Neffe, sowas gab es früher hierzulande auch." Er greift Ken an der Schulter und blickt auf den Polizisten hinunter. „James? Was verschafft uns diese Ehre?" Immer wieder blickt er auf Rosalía und den wütenden Ian unter ihr.

„Verdammt nochmal, MacKay! Sag diesem verrückten Weib, sie soll runter von mir! Die ist doch wahnsinnig! Tollwut hat die! Los! James! Das werde ich melden in Glasgow! Jetzt mach, dass du runterkommst du... du...!!!"

Rosalía zieht bei diesen Worten kurz aber heftig an seinen Armen auf dem Rücken, was ihn zum Aufschreien bringt. Dann bückt sie sich vor und flüstert ihm ins Ohr: „Miss Conley für dich, du schottische Schande! Zu dumm für dich, dass du meine gesammelte Wut der letzten Wochen jetzt abbekommst! Und jetzt calmarse!!! Meine Kinder machen ein Mittagsschläfchen, wehe dir, du weckst sie auf!"

„Ian MacDonald wollte dich eigentlich verpfeifen, dass du den Hof zum Flughafen verlassen hast... Dann auf dem Weg hierher, hat der Dumme sich verschwatzt und seine Zeugenlüge betreffend Dunn ist aufgeflogen. Na, und als wir hier nach dir gefragt haben, hat sich diese entzückende Dame blitzartig selbstständig gemacht." Er zeigt mit seiner Hand auf die vor Freude strahlende Rosalía. „Ich gehe davon aus, dass Sam uns bereits auf dem Weg hierher entdeckt hat, so schnell wie ihr beiden jetzt hier gewesen seid. Angus Cunnigham MacKay, hiermit ziehe ich die Anklage gegen Sie offiziell zurück. Das Verfahren in Sachen Todesursache von Duncan Dunn wird eingestellt und als ein tragischer Unfall infolge übermässigem Alkoholeinfluss ad Acta gelegt."

Kapitel 102

„Lassen Sie das!! Ich bin weder alt, noch gehbehindert, noch faul! Sie sollten sich Manieren beibringen, Bürschchen!" Susan Manders entreisst dem Flughafenbegleiter ihre Handtasche und kann sich gerade noch zurückhalten, sie ihm um die Ohren zu hauen. Entsetzt wirft sie einen abschliessenden Blick auf den für sie bereitgestellten Rollstuhl und geht mit theatralisch erhobenem Kopf durch den privaten Ankunftsbereich. Sie kramt ihr Mobiltelefon aus der Handtasche und drückt eine Kurzwahltaste.

„Du wirst es nicht glauben, was die da eben für mich bereit hatten, als ich aus dem Jet stieg. Wenn das deine Entscheidung war, dann Gnade dir Gott, was ich gleich mit deinem schönen Gesicht machen werde, Mister Universum!" Sie schnaubt ihre Worte erst aufgebracht, dann belustigt in die kleine Sprechanlage an ihrem Ohr. Sie nickt besänftigt, als sie ihrem Gesprächspartner zuhört. Dann antwortet sie auf seine Frage: „Dacht' ich mir schon... ja, bin gleich draussen. Was trägst du denn, damit ich dich erkennen kann?" Lachend klickt sie das Gespräch weg und geht durch die sich von magischer Hand öffnende Tür.

„Komm her, mein Spion! Lass dich knuddeln!" Mit weit ausgebreiteten Armen steht der einst weltweit bekannte Actionheld wenige Schritte von ihr entfernt. Als Conley seine Freundin herzhaft in die Arme schliesst und sie fest drückt, beginnt diese leise zu schnurren wie eine Katze. Amüsiert und erfreut darüber, drückt Conley sie gleich noch etwas fester und wird von einem Hustenanfall unterbrochen.

„Na, na...", Susie löst sich von ihm und hustet in ihre Hand. „Ich weiss ja schon, dass du mich vermisst hast, aber kaputt machen, brauchst dieses sexy Weib nicht! Himmel, hast du noch Kraft auf deine alten Tage!" Sie haut ihm ihre Handtasche sanft an den Arm und hüstelt noch ein letztes Mal in ihre offene Hand.

„Und jetzt sag mir, was geht da unten ab? Ich erreich ja keine Seele auf diesem Grenzbunker und der Waffenhalter in Anzug wollte mir auch keine Auskunft geben. Stell dir vor, die haben mich in den Polizeiwagen gesteckt wie eine Schwerverbrecherin!" Sie schüttelte immer wieder den Kopf, als sie langsam in Richtung Gate gehen.

„Na, so ganz unschuldig warst du auch nicht, meine Demonstrantin!" Frank gibt ihr seitlich einen liebevollen Schubs und zwinkert ihr zu.

„Pfff... Die Bude musste doch irgendwie aufgemischt werden dort unten! Hei, sag ich dir! Den vor Angst zitternden Schmierfink hättest du sehen sollen! Und den Psychoarzt erst, der hatte vielleicht eine rote Birne..." Als sie so aufgeregt vor sich hin plappert, bemerkt sie plötzlich, dass sie keine Ahnung hat, wohin ihr Weg führt. Sie blickt sich um und sieht ihren treuen Begleiter an. „Neues Gate? Fliege ich weiter? Verbannst du mich jetzt auf die abgelegene Insel mit den vielen durchtrainierten Männermodels?" Manders spitzt neugierig ihre Lippen und hebt eine Augenbraue bedrohlich zur Stirn.

Frank wirft seinen Kopf in den Nacken und lacht laut auf. „Susan Manders! Du solltest Drehbuchautorin werden, deine Phantasie ist bildschirmreif!" Er klatscht sich abenteuerlustig in die Hände und bleibt stehen.

„Schlimmer noch! Ich entführe dich jetzt ins gelobte Land, wo die Männer in Röcken und ohne Unterhosen rumlaufen und wie die Wilden ihre Pferde reiten!"

Kapitel 103

Zufrieden mit sich und der Welt blickt Rosalía in das knisternde Feuer im Kamin vor sich. Sie nippt an ihrem mit Whisky gefüllten Zinnbecher und schliesst die Augen, als sie die goldene Flüssigkeit auf der Zunge verspürt.

„Also, ich muss schon zugeben, dass ich sowas noch nie erlebt habe. Eine Frau, die Männer, welche doppelt so gross und schwer sind, bodigt und dann aus einem Zinnbecher Whisky trinkt. Sind in Mexiko alle so?" Angus schüttelt kaum merklich den Kopf und reicht Stacy ein Whiskyglas. Rosalía schmunzelt und lässt das Feuer nicht aus den Augen.

„Ich bin in vielen Bereichen eine Ausnahme. Bevor ich Ken kennen gelernt und die beiden Burritos auf die Welt gebracht habe, war ich eine supersportliche, Selbstgespräche führende Einzelgängerin, die sich Nacht für Nacht in schottische Mittelalterromane gestürzt hat. So wurde dieses Land ein Fantasiezufluchtsort für mich. Ich habe mir geschworen, sollte ich es je schaffen hierher zu kommen, werde ich meinen Whisky aus Zinnbecher trinken. Leider hat es nie geklappt, eine Stelle hier zu bekommen. Aber was mir dann der Himmel geschenkt hat, míos díos, davon habe ich nicht einmal gewagt zu träumen!" Glücklich kichert sie in ihren Zinnbecher und nimmt einen herzhaften Schluck daraus.

„Sie haben ja einen bewundernswert tiefen Schlaf! Und wild geträumt haben Sie auch!" Eine reife Dame auf der anderen Seite des Ganges blinzelt sie freudig an. Jasmin schenkt ihr einen fragenden Blick. „Sie... Sie sind aus Schottland?!"

„Oh, ja mein Liebes, das habe ich Ihnen doch vor Ihrer Traumreise berichtet. Als Sie diesen schrecklichen Baby Diebstahl Film mit Sir Conley zu schauen begonnen haben. Er ist doch aus demselben Ort in den schottischen Highlands wie ich. Wissen Sie nicht mehr?" Sie versucht ihre Hand in Jasmins Richtung zu halten, merkt aber, dass die Distanz zu gross ist.

„Ist denn alles in Ordnung, mein Liebes? Sie sehen so verstört aus. War es kein schöner Traum?" Mitfühlend blinzelt die Frau ihre schwangere Flugnachbarin an und fügt besorgt hinzu: „Sie wissen schon noch, wer Sie sind und wohin Sie wollen, Liebes?"

„Ja, das weiss ich zum Glück noch... Ich heisse Jasmin Steiner, bin Schweizerin und auf dem Weg nach New York, um dort meinen Mann zu treffen, der einen alten Freund besucht..." Bei den letzten Worten, streichelt sie sanft ihren Bauch.

„Und gemeinsam werden Sie nach Mexiko reisen, um dort ein paar Urlaubstage in einem wunderschönen Baumhaus Hotel zu verbringen! Das haben Sie mir auch noch berichtet. Oh, da bin ich aber froh, mein Liebes, dass alles in Ordnung ist mit Ihnen! Sie haben mir eben schon etwas Angst eingejagt. Das sind bestimmt die Hormone."

Jasmin lächelt die gepflegte Dame erleichtert an und nickt zustimmend. „Ich mir auch..." Erneut streicht sie sich zärtlich über ihre Rundung und fragt: „Leider hat mein Traum mich sehr durcheinander gebracht, wie war Ihr Name schon wieder?"

„Das macht doch nichts, Liebes! Das passiert mir sogar ganz ohne Traum und Schwangerschaftshormone! Ich habe Ihnen meine Karte gegeben, Sie haben Sie zu Ihrem Mobiltelefon gesteckt." Die nette Frau mit schottischem Akzent zwinkert Jasmin belustigt zu und zeigt mit dem Finger neben Jasmin. Diese greift nach der Karte, welche aus ihrem Mobiltelefonumschlag lugt und blickt

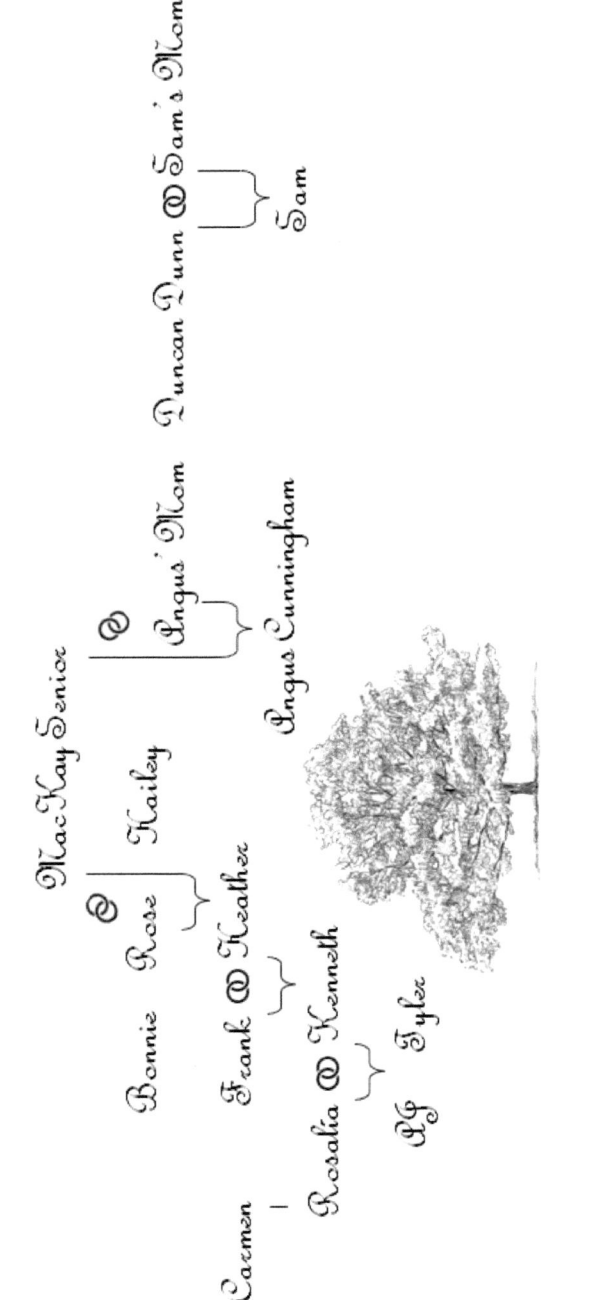

MacKay Senior @ Kailey
Bonnie Rose
Frank @ Heather
Rosalia @ Kenneth
Carmen
PJ Tyler
Angus' Mom
Angus Cunningham
Duncan Dunn @ Sam's Mom
Sam

„Ich bedanke mich herzlich bei Bruno, Irmgard, Romano und natürlich allen Leserinnen und Leser für die treue Unterstützung dieser Geschichte. Mit einem weinenden Auge muss ich mich von diesen Charakteren, welche mich nun über Jahre hinweg begleitet haben, verabschieden! Mit einem lachenden Auge mache ich mich neugierig auf den Weg, eine nächste, hoffentlich ebenso spannende Geschichte für euch zu schreiben."

Hasta luego und Slàinte Mhaht!

Hiam Mondini